대답하지 않는 것들과의 대화

대답하지 않는 것들과의 대화

정수만 / 수필집

당진문화재단

작가의 말

청록색 들판에 하얀 집을 지었다.
때로는 맵찬 바람이 불고, 때론 안온했던 시간의 흔적과 사유와
자연 속 일상을 통한 성찰을 스케치하듯 글을 썼다.

따뜻한 시선으로 세상을 보기를 원했고
내가 본 것에 대하여 또한 따뜻한 언어로
삶의 질감을 표현하려 했으나
간혹 언급된 나라와 정치 이야기가
내 글의 이미지를 부박하게 투사하지는
않았으면 싶다.

늘 응원해준 가족에게 감사한다.

2023년 9월.
백운재를 추억하며

목 차

제1부 대답하지 않는 것들과의 대화

제2부 옛 음식에서는 눈물 맛이 난다

제3부 들풀은 스스로 흔들리지 않는다

제4부 뒤란의 기억

제5부 길에게 길을 묻다

제1부

대답하지 않는 것들과의 대화

봄날은 간다

계절의 속도감은 애착의 깊이에 비례하는 것이어서 아쉬운 것들은 늘 눈인사처럼 빠르게 지나가 버리는 법이다.

언제부턴가 봄이 좋아졌다. 때로는 즐거움을 넘어 몸살처럼 봄을 앓기도 한다. 계절마다 나름대로 소소한 즐거움과 멋이 없는 것은 아니지만 누림보다 불편함이 크게 다가오면 계절의 등식은 빨리 지나가는 쪽으로 기울게 마련이다. 자꾸만 잡아두고 싶게 마음을 당겨오는 봄의 매력은 아마도 회생에 대한 기대와 이어 달리듯 피어나는 꽃들을 보는 즐거움이 아닐까 싶다.

완고한 기둥 같은 나무에 가지가 뻗고 순을 틔우고, 마침내 환하게 꽃이 피어오를 때의 환희가 자꾸만 기다려진다는 것은, 내 마음의 나이테가 어느덧 지나온 세월을 기웃거리고 있다는 연륜의 역설을 의미하기도 한다. 성숙하게 익어가는 것보다 환하게 피어오르는 것이 좋고, 아기들의 맑은 웃음이 좋아지는 일련의 성향들은 모두 나이를 먹어가며 체득된 회생과 새로움에 대한 동경이었던 것 같다.

봄은 빠르게 지나간다. 산수유꽃으로부터 차례로 봄을 채워 온 꽃들이 피고 지며 화려하고 때로는 수수한 모습의 얼굴로 바뀌어 간다. 봄 거리의 여자들이 입고 다니는 치마도 봄꽃처럼 파스텔 색조로 하늘거린다. 그래서 이즈음의 세상은 지천에 꽃을 뿌려 놓은 것처럼 봄 색깔로 충일하다. 그렇게 길지 않은 꽃 천지가 지나고 오늘은 산 벚나무 꽃잎들 사이로 연둣빛이 스며오는 것을 보았다.

마을에서 저수지로 이어지는 기다란 습지에 서 있는 버드나무에도 연둣빛이 물들어 그 자리에 나무가 있었음을 알게 한다. 가지마저도 가느다란 버드나무는 잎이 나지 않으면 존재감을 느끼기 어렵기 때문이다. 이제 한창 피어난 자목련과 백목련이 숙지고 나면, 라일락 꽃향기가 드문드문 바람에 실려 오는 밤하늘을 후각이 예민하게 더듬을 것이고 이내 검푸르게 짙어지는 초록빛에 묻혀 봄은 여름의 바탕색쯤으로 물러날 것이다.

봄날이 지날 즈음에 가끔 찾아오는 기억이 있다. 지금 사는 곳에서는 봄 아지랑이를 볼 수 없지만 어릴 적 살던 집에서는 북동쪽 산속으로 올라가는 먼 길에 따뜻한 봄볕에 달구어진 땅에서 아지랑이가 아롱아롱 피어오르곤 했다. 그 길을 따라 깊어지는 골짜기를 만주골이라 불렀는데, 후일에 어머니께 여쭈어 보았더니 입구는 좁아도 그 골짜기가 길고 넓은 것이 만주벌판과 같다고 하여 붙여진 이름이라고 했다. 그러나 내가 제법 자라 동네 개구쟁이들과 가본 그곳은 생각만큼 광활하지는 않았다. 집 툇마루에서 멀리 보이는 그 길은 마치 다른 세상으로 이어지는 길처럼 아득했다. '성골네'라 부르던 외딴집을 지나면 좌우에 높이 솟은 산들이 만든 협곡은 음울해 보였고 계곡의 입구에 상엿집이 있어 초등학교 꼬맹이들이 그 길을 지나다닌 경험은 무용담이 되기에 충분했다.

내가 겨우 어머니 치맛자락에 매달려 그 계곡으로 이어지는 길을 멀찍이 바라보기만 할 즈음에는 조팝꽃 하얗게 피어있는 그 길로 자주 상여가 올라가곤 했는데 상엿소리가 먼 계곡으로 사라질 때까지 바라보다가 어머니는 나에게 '나는 죽어서 만주골로 가기는 싫다'라고 입버릇처럼 말씀하시곤 했다. 짐작건대 만주골에는 국유림이 많아 유택(幽宅)을 준비할 여유가 없는 가난한 사람들이 가족들을 매장하기에 쉬웠기 때문에 동네 사람들은 거의 그 계곡으로 들어가 누웠을 것이다. 그래서 우리 동네서는 '만주골로 갔다'라는 말이 사망한 사람임을 은유적으로 상징하는 말이 되기도 했다.

어머니의 그 말씀이 죽음 자체에 대한 두려움을 표현한 것이었는지, 만주골의 음울함을 죽어서까지 대하고 싶지 않은, 골짜기처럼 깊은 어둠에 대한 거부감이었는지는 분명치 않다. 어머니는 가끔 그 길에서 아지랑이가 피어오르는 것을 아득히 바라보다가 노래를 흥얼거리곤 하셨는데 바로 '봄날은 간다'라는 제목의 노래였다.

'연분홍 치마가 봄바람에 휘날리더라~' 내 기억 속의 노래는 언제나 그 부분의 가사만 반복이 되고 머릿속에는 신식치마 대신에 한복 치마의 휘날림이 그려진다. 아마도 그 노래를 부르실

즈음에 일상적으로 입던 어머니의 복식이 기억 속에 화석처럼 고착된 것이리라.

실제로 어머니가 그 노래를 끝까지 부르셨는지, 아니면 내 기억처럼 그 부분만 반복해서 부르셨는지는 분명치 않지만, 후일에 독실한 기독교 신자로 사셨던 어머니가 들려준 거의 유일무이에 가까운 가요인지라 내겐 특별한 기억의 자리를 차지하고 있다. 그러나 만주골 가는 조붓한 길에 핀 아지랑이를 보며 아득한 눈빛으로 부르던 노래의 의미가 무엇이었는지 나는 때때로 궁금해진다. 단순히 봄의 노곤하고 아름다운 감흥의 표현이었는지 혹은 팍팍한 삶을 치맛자락처럼 흩날리며 얻고 싶은 이상의 자유로움이었는지, 관성처럼 무심히 지나는 짧은 봄에 대한 아쉬움이었는지는 알 수 없다. 봄이 깊어지면서 몇 번 인터넷을 통해 '봄날은 간다'라는 노래를 들었다.

오르간 소리와 관악기 반주를 타고 흐르는 백설희의 꾸밈없는 목소리로 듣는 노래는 너무 맑아서 오히려 슬프다. 전후의 삭막한 폐허를 아름다운 정서로 극복하고자 했던 곤고한 시절의 기대와 꿈을 담은 멜로디에 수십 년을 거슬러 어머니의 체취가 묻어 나온다. '맹세'라는 옛말이 그대로 나오는 가사를 들으며 어머니의 봄에는 어떤 꽃들이 피어있었는지, 꿈같이 그리운 약속은 있었는지 궁금하게 그리워진다.

> 연분홍 치마가 봄바람에 휘날리더라
> 오늘도 옷고름 씹어 가며 산 제비 넘나드는 성황당 길에
> 꽃이 피면 같이 웃고 꽃이 지면 같이 울던

알뜰한 그 맹세에 봄날은 간다.

열아홉 시절은 황혼 속에 슬퍼지더라.
오늘도 앙가슴 두드리며 뜬구름 흘러가는 신작로 길에
새가 날면 따라 웃고 새가 울면 따라 울던
얄궂은 그 노래에 봄날은 간다.
　　　　　　　　　　─「봄날은 간다」손노원 작사

봄비 오시는 날의 단상

봄은 소리로 먼저 찾아온다.

아직은 겨울의 긴장이 남아 있는 대지를 깨우기라도 하듯, 밤새 봄비가 가벼이 톡, 톡, 땅을 토닥이며 내렸다. 격하지 않게 내려앉는 빗소리는 마치 멀리서 누군가를 부르는 소리처럼 아득하여 늘 사유의 숲을 서성이게 한다.

주방 창문을 통해 바라보는 뒤뜰이 아침까지도 봄비에 흠뻑 젖고 있다. 겨우내 집에 가려 햇빛이 드는 시간이 적었고 북풍에 오래 시달린 뒤뜰은 언제나 봄이 가장 늦게 찾아온다. 장미와 패랭이꽃과 커커이 쌓인 석축들 사이에 웅크린 맥문동을 깨우느라 봄비가 곡진한 노력을 하는 듯도 보인다. 뒤뜰은 봄비가 흠씬 적시고 난 후에도 훈훈한 봄바람이 여러 날 불어오고 나서야 그 느릿한 겨울잠에서 깨어나 잎을 틔우고 봄살이를 시작할 것이다.

나는 봄비 내리는 소리에서 가장 먼저 봄의 생명력을 느낀다. 언 대지 위로 차갑게 부딪히는 겨울비와 녹아드는 봄의 대지 위로 내려앉는 봄비는 자세히 귀를 기울여 들으면 얼마간의 차이를 가지고 있음을 알 수 있다. 봄의 대지는 내리는 비를 반갑게 수용하고 빗줄기는 부드러운 대지의 가슴 위로 가볍게 안착한다. 이를테면, 내가 쏟아 낸 말을 누군가가 기꺼이 귀 기울여 수용하는 것과도 같은 느낌이다. 그런 일체감이 느껴지는 빗소리는 나를 안도하게 한다. 지금의 시국과 세상살이에는 얼마나 많은 배척과 일방통행, 독선이 서로를 흔들고 있으며 나는 또 얼마나 그 번잡한 마찰음에 마음이 불편하고 어려웠던가! 그러나 봄비 소리는 마음을 차분히 가라앉히고 부드러운 다독임으로 겨우내 잠들어 있던 대지를 깨운다.

산골에서는 이렇게 봄비가 내리고 나면 얼음이 녹은 개울물이 맑은 소리를 내며 또르르 흐른다. 아마도 개울물이 골짜기를 씻고 지나가면 대지는 비늘처럼 덮고 있던 겨울 이불을 걷어 낼 것이고 나무들도 기지개를 켜고 왕성한 생명 활동을 시작할 것이다. 나는 때때로 식물들의 생명 활동에도 분명 고유한 소리가 있을 것이라고 혼자 확신한다. 꽃눈이 껍데기를 깨고 꽃을 탁 틔우는 순간에, 혹은 절절히 붉었던 동백이 아무 미련 없이 나무로부터 뚝 떨어지는 그 순간에 분명 살아 있는 것으로서의 첫소리와 마지막 소리를 내고 있을 것이라고…인간이 들을 수 있는 가청주파수보다 더 낮은 초저주파와 초음파를 들을 수 있는 동물과 곤충들은 어쩌면 그 미세한 생명의 소리를 서로 공유하고 있을지도 모르고, 사방에서 봄눈을 틔우는 소리와 꽃망울이 터지는 소리에 요란하여 밤잠을 설칠지도 모를 일이며, 혹은 생명의 축제와도 같은 회생의 시간을 함께 즐기고 있을지도 모른다.

자동차 소리와 미디어의 소리가 거의 없는 시골에 들어온 후로 귀는 맑아지고 영혼은 더 섬세해졌다. 온통 바깥을 향해 열려 있던 귀가 내면을 향하기 시작하니 듣지 못하고 생각하지 못했던 것들에 마음이 닿기 시작한다.

땅이 열리기를 기다려, 아내는 향기 짙은 냉이를 캐러 조붓한 오솔길을 걸어 봄 속으로 걸어 들어갈 것이고 황톳빛 된장에 풀어진 봄의 맛을 들뜬 마음으로 음미할 수 있을 것이다.

모쪼록 봄비 소리에 내 마음도 말갛게 씻겨 허튼 집착을 버리고 감사함으로 일상을 누리는 겸허함을 가졌으면 좋겠다.

대지, 그 생명의 시간에

그저께 한바탕 질펀히 봄비가 내리더니 오늘도 낮게 엎드린 회색빛 하늘을 보니 아마도 저녁에는 봄비가 이어지려나 보다. 이제 곧 한 계절 냉랭한 몸을 웅크리고 숨죽이던 대지가 생명의 기지개를 켜고 일어날 것이다.

봄에 해토가 되는 방식은 먼저 비가 내려 언 땅 위로 편만하게 물이 적셔진다. 겨울에 내린 눈이 녹았다 얼면서 융기되었던 흙 사이로 빗물이 스며야 하고, 온온한 바람이 불어와 흙과 흙 사이를 결속하고 있던 얼음의 결정을 녹여야 한다. 얼음이 녹은 물은 더 깊이 땅으로 스미거나 나른한 기온을 타고 하늘로 올라간다. 얼음이 빠져나간 흙을 밟으면 해면처럼 성긴 모양이 사박사박 소리를 내며 주저앉는다. 사람이 밟지 않는 곳은 봄비에 무거워진 흙이 천천히 엉겨 붙으며 내려앉게 된다. 부지런한 농부들은 벌써 밭에 거무스름한 거름을 뿌려 놓았다. 겨우내 허기진 땅에 충분한 영양분을 주어야 힘을 내어 푸릇푸릇한 것들을 맘껏 밀어 올릴 것이다.

이곳 충청도 농부들은 밭갈이할 때 '밭을 투드린'고 한다. '밭을 두드린다'라는 말의 사투리인데 '밭을 갈아엎는다'라는 직접적 표현보다 상당히 은유적이고 시적인 표현이다. 이 표현 속에는 겨우내 잠들어 있던 대지를 깨운다는 뜻이 내포된 것으로, 땅을 무기질 덩어리로만 인식하는 것이 아니라, 삶의 영역 안에 있는 하나의 생명으로 보는 이는 이곳 농부들의 사고방식이 고스란히 반영된 것이어서, 이들의 삶의 영역에서 땅이 가지는 존재의 가치를 가늠할 수 있다.

농경 사회였던 옛날에는 2월 초하루가 되면, 송편으로 2월 떡을 해 먹었다. 어떤 지방에서는 '노다리'라 하여 송편 떡을 해서 머슴들에게 먹였는데 '노다리'란 노는 날이 마지막 간다는 의미가 있다. 길었던 겨울 농한기가 끝이 나고 농사일을 시작해야 하는 시점이 되었으므로 떡을 해 먹으며 곧 땅에 엎드려 햇살을 등지고 몇 달을 수고해야 할 머슴들을 위로하는 것이다. 우리 집에 머슴은 없었지만, 내 유년 시절 어머니도 그 풍습을 기억하여 2월 초하루에는 늘 송편을 해 주셨다. 2월 떡을 먹으며 다가올 농사의 고단함에 대한 걱정으로 머슴들은 울었다는 말씀을 해마다 들려주곤 하셨는데, 우리는 머슴들이 먹으며 울었다는 송편 떡의 무게감을 체감하지 못한 채, 있지도 않은 머슴들에 대한 연민의 표정을 보여야 하는지를 늘 고민하며 먹었던 것 같다.

거름을 뿌리고 나면 밭을 기경한다. 땅의 표면이 아래로 내려가면서 거름의 유기질은 지력을 상승시키고 질소의 순환으로 미생물들의 활동이 활발해진다. 그뿐만 아니라 지난 계절 식물들이 종족 번식의 본능으로 지천에 뿌려 놓은 표면의 씨앗들을 땅속 깊이 묻어 두어 씨앗 고유의 광발아성(光發芽性)을 차단하는 효과도 있다. 옛날에는 소가 쟁기를 끌고 가며 논밭을 뒤엎었지만, 요즘은 황소가 느릿느릿 끌고 가는 쟁기질을 구경하기가 쉽지 않다. 쟁기를 잡은 농부와 밭을 가는 소가 아침나절에 허연 입김을 토해내며 삶을 밀어내듯 밭을 기경하는 경건한 풍경은 이제는 낡은 사진에서나 볼 것이다. 쟁기를 잡은 사람과 제힘으로 꾸역꾸역 단단한 땅을 밀고 가야 하는 소는 각기 다른 차원의 밥벌이를 위해 자기 노동력을 제공한다. 뿌리지 않으면 거둘 수 없는 숙명적 명제를 운명처럼 수용하였기에 이 둘의 협업에는 따로 동의 절차가 필요치 않으며 그저, 밥벌이의 고단함에 대한 공감으로 서로를 연민하였을지도 모른다. 몇 해 전에 보았던 '워낭소리'라는 영화는 삶의 동질성을 깊이 공감하는 할아버지와 소의 관계가 공생의 관계를 넘어 삶의 동반자로서 깊이 서로 소통하는 것을 보여주는 영화였다.

요즘은 묵묵하고 느릿한 황소 대신 굉음의 경운기나 트랙터가 기경을 한다. 트랙터가 금방 갈아 놓은 흙의 질감은 아주 곱고 부드럽고 포근하다. 막 갈아 놓은 밭을 지날 때, 나는 그 포근한 흙에 벌러덩 드러눕고 싶은 욕구를 종종 느낀다. 어느 훗날에 내가 생물학적인 사명을 다하고 땅으로 내려갈 때의 느낌이 이렇게 포근했으면 싶어진다. 그리고 미려하게 기경 된 밭은, 2월 떡을 먹은 머슴들과는 달리 달리기의 출발선에 선 사람들처럼 부푸는 생명에 대한 기대로 마구 설레고 있을지도 모른다는 상상을 한다.

저녁 식사하다가 식탁에 올라온 것들의 출처를 찬찬히 살펴보았더니 모두 땅에서 얻어 온 것들이었다. 문득 땅에서 식물을 가꾸고 거두는 농업이야말로 생명 산업임을 깨닫게 되었다. 수렵과 채취로 연명하던 아득한 원시시대나 인공지능이 소리 없이 세상을 움직이는 첨단 과학 문명의 시대를 막론하고 인간은 생명의 근본이 되는 땅으로부터 변함없이 먹거리를 공급받아 왔다. 땅에서 직접 농사하는 농사꾼뿐만이 아니라 첨단의 IT산업에 종사하는 사람도 예외 없이 생명 유지 활동에 필요한 에너지를 모두 땅에서 얻어오고 있다는 것이다. 필연, 땅 위에 살아 있는 것들은 땅 이상의 외연(外延)을 가질 수 없는 생태적 한계성을 가진다. 흙냄새에서 풍겨 오는 이 비릿함은 생명의 냄새이며 살아있는 것들의 세포 속을 관통하는 원류의 냄새이다. 흙을 통해 생명의 본질을 공유한다는 것은 흙으로 사람을 빚으셨다는 성경 말씀의 확실성을 절감하게 한다. 나는 때때로 적막한 산골의 비탈진 농토에서 생명의 냄새를 느낄 수 있는 것으로 인해 창조주께 감사한다.

머잖아 감사에 대한 화답으로 꽃다발처럼 봄꽃들이 품으로 안겨 올 것이다.

전지를 하면서

봄에 해토가 되면서 겨우내 느긋하게 게을렀던 마음이 갑자기 바빠졌다.

해야 할 일은 많은데 시간이 넉넉지 않으면 일할 때도 차근차근히 하지 못하고 이것저것 눈에 닿는 대로 만지느라 허둥지둥 하기 일쑤다.

뜰 안 나무와 식물들이 잎을 내기 전에 옮겨 심을 것과 분갈이할 것, 전지할 것과 전체적인 조화를 고려하여 뽑아내어야 할 것들을 결정하고 짬을 내어 차례로 일을 해나가야 하는데 초봄까지도 해가 짧아 퇴근 후에 뜰을 만질 수 있는 시간이 많지 않았다. 더구나 주말에도 근무하고 주일은 종일 교회에 머물다 보니 여섯 시만 넘으면 득달같이 서쪽 산 너머로 도망치는 봄 햇살을 잡아 둘 길이 없어 속수무책으로 퇴근 후 짧은 시간 뜰을 만질 수밖에 없었다. 거기다 올해는 집 경계를 옮기는 일이 있어 봄 채비가 더 늦어졌다.

앞뜰 끝에는 바로 산으로 이어지는 언덕이 있었다. 집의 경계점이 비탈 언덕 위에 있었으므로 경사면의 크기만큼 대지의 경게가 줄어들어 있었던 셈이다. 지난해 앞산으로 가는 길이 헐리고 평지가 되면서 집 앞 땅을 산 사람과의 경계를 분명히 하여야 할 필요가 있을듯하여 겨울에 뜰 가장자리에 울타리를 세웠다. 그리고 갑자기 넓어진 뜰의 면적과 높이를 조절하기 위해서는 굴삭기의 힘을 빌려 뜰 전체의 높낮이를 조정할 필요가 있게 되었다.

갑자기 늘어난 경계에 나름대로 대지의 형태를 고려하여 미리 심어 놓았던 나무들의 배열은 헐렁한 바지를 입은 것처럼 헛헛해져 버렸고 그 공간을 어떻게 활용해야 하는지를 몇 날 고민한 끝에 이참에 뜰 전체를 손을 보기로 하고 나니 일이 만만치 않다는 걸 알게 되었다. 뜰에 세워 놓은 일본식 정원의 크고 작은 돌들과 줄기식물들, 그리고 울타리 쪽에 심겨 있는 블루베리, 여러 종류의 유실수를 전부 옮겨 심어야 할 처지가 된 것이다. 그러다 보니 자연히 전지하는 것도 나무를 옮긴 다음에나 할 요량으로 미뤄두게 되었는데 봄비가 내린 후로 하루하루 봄 풍경이 달라지는 것을 보니, 이러다 어느 날 문득 가지마다 움을 틔우고 참새 헛바닥 같은 이파리를 마구 쏟아낼지도 모른다는 불안감에 마음이 다급해졌다.

전지는 한 해의 결실을 모두 거둔 후에 다음 해의 결실을 기대하며 나무 일부를 기꺼이 버리는 것이다. 이것도 다 때가 있어 가을 잎이 진 후부터 이듬해 잎이 돋아나기 전까지 해야 한다. 더 늦어져 잎이 돋기 시작하면 잘려 나간 마디는 생채기가 되어 수액이 흐르거나 심하면 고사할 수도 있기 때문이다. 전지는 주로 이리저리 난잡하게 돋아난 가지들과 아래로 늘어지는 가지, 빈약하고 힘이 없어 수형 유지와 과실 맺기에 불필요한 것들을 자르고 솎아낸다.

나뭇잎이 무성해지고 과실이 열렸을 때도 바람이 쉽게 과실들 사이를 지날 수 있는지, 혹은 과실들이 채광을 충분히 받을 수 있는지 까지를 염두에 두어야 한다. 나는 종종 꽃눈이 달려 열매를 맺어야 할 나뭇가지를 잘못 잘라버려 열매를 보지 못하는 누를 범하곤 했다. 과실나무는 종류에 따라 열매를 맺는 결과지가 따로 있기 때문인데 이론을 알아도 몇 년 된 가지인지에 대한 구분이 애매하여 잘못된 가위질을 하고 만 것이다. 성장이 무성한 것들은 주로 그해에 가지를 내고 꽃잎을 달고 열매까지 맺는다. 블루베리나 감, 포도나무와 같은 것들이며, 이보다 좀 더 큰 과일이 열리는 매실, 복숭아, 살구, 자두나무 등은 2년생 가지에, 그리고 과실 중 가장 큰 편에 속하는 사과, 배는 3년생 가지에 꽃눈을 달고 열매를 맺는다. 그래서 사과나무와 배나무를 전지할 때는 여러 번의 생각과 헛 가위질을 거친 후에야 솎아낼 가지에 가위를 댄다. 열매 맺는 가지를 자르는 오류를 최대한 줄이고자 함과 혹 잘못 판단하여 잘랐더라도 내가 범한 오류에도 충분한 고뇌가 있었노라 명분을 얻고자 함이다.

뿌리가 본격적으로 물을 빨아올리기 전에 가지들이 잘려 나가는 소리는 자칫 명쾌하다.

탁! 탁! 단호히 생의 결말을 고하는 가지들을 보며 몇 가지 생각들이 스쳐 간다. 한 번 가위를 댄 가지는 여지없이 떨어진다.

혹 순간적으로 잘못 판단하였더라도 이미 절단된 생명은 돌이키지 못한다. 특히 블루베리처럼 밀도가 높은 가지를 자를 때, 집중력이 흐트러지거나 손이 잘못 닿아 의지와 다른 가지를 잘라버려 앗 차! 가위질을 후회하는 경우가 종종 있다.

돌아보니 지나온 삶은 순간순간이 늘 선택의 연속이었다. 솎아내어야 했던 것과 남겨두어야 했던 것들은 블루베리 나무처럼 무성하여 하루하루의 일상이 전지하듯 무언가를 제거하고 남기는 일들로 점철되어 있었다. 때로 잘못 자른 가지처럼 가슴을 치며 통탄하는 일들이 있었고, 알고도 자르지 못한 가지처럼 오래오래 거추장스럽게 발목을 잡는 일들이 있었고, 결단이 늦어 머뭇거리다 잘라야 할 시기를 놓쳐 피눈물 나는 생채기를 감수하고 뒤늦은 절단을 해야 했던 때도 있었다. 반면에 단호히 잘라 낸 것에 만족하며 내 삶의 가지가 견고함에 자부심을 가진 날도 분명 있었을 것이다.

제법 자란 나무를 전지할 때는 꽃눈이 돋고 열매가 열리는 싱싱한 가지에만 관심을 가질 일은 아니다. 나무는 보이지 않는 뿌리와 가지를 견고히 지탱하는 뭉툭한 몸통과 열매 맺는 가지를 붙들고 있는, 더는 열매를 달지 못할 늙은 가지들로 구성된다.

연한 가지가 뽐내는 꽃이나 열매는 모두 볼품도 자칫 존재감도 희미한 이것들의 헌신이 만들어 낸 합작품이다. 오늘 활짝 핀 꽃이나 쾌재를 부를만한 성공이 여린 가지의 힘으로만 만들어지는 것은 결코 아님을 말한다. 때때로 우리는 꽃핀 가지에 달라붙은 삭정이를 대하듯 나를 있게 한 이들의 희생을 간과하지는 않았는지를 돌아볼 일이다. 더 열매를 맺지 못하는 뭉툭한 가지의 완강한 팔이 있었기에 여린 가지는 무수한 흔들림 속에서도 스러지지 않고 기어이 꽃 피우고 열매를 맺을 수 있었던 것이고, 컴컴한 땅속에서 끊임없이 물을 끌어 올리는 뿌리의 수고로움으로 시듦을 면할 수 있었기 때문이다.

전지하며, 내 생애의 거름이 되었던 분들에 대한 경애로 마음이 벌써 푸릇푸릇해진다.

대답하지 않는 것들과의 대화

마침 피어난 봄꽃들 덕분에 적요했던 들녘이 잔칫집처럼 분주해졌다.

서늘한 삭풍이 적막하게 훑고 지나던 대지가 깨어나면서 이른 아침부터 농부들이 들판에 나가 서 있다. 아침 안개를 배경으로 서 있는 농부들의 모습은 때로 엄숙하고 경건해 보인다. 특히 부부가 나란히 서서 씨앗을 밭에 던지는 풍경을 대할 때, 때때로 밀레의 '만종'이라는 그림이 연상된다. 불현듯, 밀레의 그림 속 바구니에는 본래 감자 대신에 곤고한 가난에 죽은 아기의 시체가 있었고 부부가 손을 모으고 매장될 아기를 추모하는 기도를 드리는 중이었다는, 봄의 상념을 흔드는 원작 스토리가 생각나 도리질로 생각을 흩어버린다. 그러나 밀레의 그림 속 땅과 내가 발을 딛고 살아가는 땅이 일련의 연속성을 지니는 시대와 물리적 거리의 연장 선상에는 공히 땅에 기대어 살던 고단한 생명의 피고 짐이 부단히 전승되고 있었다.

봄에 기경되어 속살을 드러낸 기름진 밭에서는 농익은 생명의 냄새가 난다.

겨울 동안 꽁꽁 빗장을 걸어 잠그고 철저히 자기방어적이었던 금욕의 땅이 육체의 문을 활짝 열어놓은 것 같다. 그것은 그 땅에서 잉태되고 자라고 결실하게 될 온갖 푸른 것들을 양육할 모성의 냄새이다. 이제 곧 화려한 꽃들 속에 대지가 열리면 진저리나게 냉혹했던 겨울의 기억은 퇴락하여 깜깜하게 유폐될 것이다.

딸아이를 등교시키고 돌아오는 산모퉁이 길가에 찔레 덤불들이 가장 먼저 송곳니 같은 싹을 와르르 쏟아냈다. 차를 길 가장자리에 세우고 몸을 구푸려 산언저리를 물끄러미 바라보았다. 정말 송곳니 같은 싹들이 막 터져 나와 팽팽하게 부풀어 있었다. 그 옆으로는 제비꽃 몇 송이가 켜켜이 퇴적된 낙엽들 사이를 뚫고 솟아있고 진달래꽃도 한적한 산기슭에서 손을 흔든다. 산기슭에는 숙성된 퇴적의 시간과 움 돋으므로 새로워지는 시간이 그렇게 공존하고 있었다. '야~ 반갑다!' 진달래의 꽃잎을 쓰다듬다가 나도 모르게 툭 튀어나온 말이다. 가끔은 나조차도 뜬금없이 낯설어지는 식물들을 향한 혼잣말은 사실 이곳 시골에 들어오면서 생긴 버릇이다. 삶의 배경쯤으로 멀찍이 있던 나무와 꽃들이 눈앞에 바싹 다가오니 눈길을 자주 주게 되고 만져보게 되면서 언제부턴가 그들과 특별한 교감이 생기기 시작했다.

시각과 촉각 청각 등의 감각이 함께 대상을 향하게 되면 정서적 거리는 급속히 가까워지게 마련이다. 그렇게 가까운 것들과의 소통에 대화가 빠질 수 없다. 대화를 통한 소통이라 말하기에는 일방적인 면이 없지 않으나, 내가 그들을 향해 전하는 언어의 의도가 꽃 수술이나 이파리의 어느 부분이 수용되어 특별한 신호 방식으로 전달되고 그들의 언어로 재해석되는지를 까지는 염려할 일이 아니다. 칼릴 지브란의 말처럼 소중한 것은 보이지 않는 것들이라 의도의 진정성과 마음의 염결성은 어떤 형태로든 전달된다고 믿는 것이다. 설령 내 말이 독백이어도 좋고 대상이 없는 선언이어도 그리 염려스러울 필요가 없다. 사실은, 대답하지 않는 것들과의 대화에 나는 조금씩 재미를 붙이는 중이다. 그 엉뚱한 일탈은 상당히 은밀하고 재미있다. 나뭇가지에 달린 매화꽃이나 산수유를 향해 무어라 중얼거리는 모습이 반쯤 얼빠진 모습으로 오인될 수도 있겠지만 그것은 마치 남들은 알지 못하는 나와 그들과의 제한적 연대감 같은 것이어서 은밀한 즐거움이 적지 않은 것이다.

특히 새벽 아침에 뜰에 나와, 안개 속에 피어있는 프리지어 꽃다발 같은 산수유꽃과 투명하게 하얀 매화와 가까운 시선으로 안부를 묻는 일은 하루의 일과를 깨우는 모닝커피와도 같은 각성효과를 갖는다. 내가 봄에 대화하는 상대는 거의 뜰에 있는 나무들이 피워 올린 꽃들이다. 꽃이 피어오를 무렵만큼 하루의 속도감이 빠르게 체감되는 때도 많지 않다. 이때는 하루하루가 다른 풍경으로 다가와서 짧은 감흥의 생성과 소멸이 봄바람처럼 지나간다. 그 한시적인 아름다움을 맘껏 소유하지 않으면 한 해를 더 기다려야 하니 이것저것 가릴 것도 눈치를 볼 것도 없다. 요즘은 수선화 구근을 옮겨 심을 때와 새로 사 온 소나무를 담장 밖에 심을 때, 혹은 과밀한 꽃잔디를 나누어 밀도가 낮은 곳에 심으며 나는 그들의 왕성한 뿌리 내림을 부탁하는 대화를 한다. 그리고 아침 산책길에는 노랗게 꽃봉오리를 품고 있는 애기똥풀과 한참 소담스러운 조팝꽃과 제비꽃을 자세히 보기 위해 자주 허리를 구푸리거나 쪼그려 앉아 대화를 나눈다. 이것들과 이야기를 나눌 때 때때로 꽃들의 마음이 느껴지기도 하지만 일반화할 수 없는 그 감정은 오롯이 나만의 것으로 마음에 남는다.

아마도 이 봄이 지나면 성숙해 가는 우리 아이들과의 대화처럼 나무들과의 대화도 드문드문해질 것이고 꽃나무들도 유년의 아름다움을 벗고 선언하듯 일제히 연둣빛을 입을 것이나, 초경 같은 봄의 아름다움이 다하기 전까지 나의 대답하지 않는 것들과의 대화는 계속될 것이다.

내려놓지 못하는 것

4월은 평온함 속 들뜸으로 늘 손님을 맞는 날처럼 분주했다.

산수유로부터 시작된 꽃 손님은 벚꽃에 이어 마치 그림을 정교히 그려서 나뭇가지에 올려놓은 것은 아닐까 싶게 작위적인 복숭아꽃과 향기의 매력으로 사랑받는 라일락꽃, 뜰 주위로 무심히 꽃대를 올린 보라색 제비꽃과 노란 민들레까지 차례로 찾아왔고 집 밖 들녘으로 가는 길에는 조팝꽃과 노란 애기똥풀이 지천으로 피어있어 모처럼 살맛 나는 하루하루를 보냈다.

4월에서 5월로 이어지는 시간은 그렇게 차례로 피어나는 꽃들을 보는 즐거움이 있어 이런저런 근심에 젖어 어둑어둑하던 마음에 꽃 등불이 걸린 듯 모처럼 환해지는 법이다. 그러나 올해는 꽃 손님맞이의 분분함에 정원 공사까지 겹쳐 사실은 정신 없이 봄이 지나고 말았다.

지난해 겨울 무렵 집 앞에서 산자락으로 이어지던 경사지가 헐리면서 갑자기 2m 정도나 넓어진 공간의 용도를 고민하다가 이참에 마당 전체를 다시 만지기로 했다. 계획의 골자는 자갈로 다져놓았던 앞마당에 잔디를 깔고 나무들도 재배치하는 것이었다. 그런 결심에는 두 가지 배후가 있었는데, 집 양쪽으로 다른 집들이 건축되어 들어서면서 아랫집과의 사이에 생겨난 대지의 높낮이를 극복해 보고자 함이었고 또 하나는 우리 집보다 더 잘 꾸며진 정원을 가진 옆집에 대한 상대적인 허술함으로 마음이 조금 불편했기 때문이다. 사실 찍어낸 듯 똑같은 아파트 단지에서는 규모의 차이만 있을 뿐 이웃과의 외부적인 차이를 신경 쓸 일이 없지만, 전원주택은 건축방식의 선택이나 정원 공사에 투입된 비용에 따라 현격한 차이를 보이므로 그런 차이를 의식하자면 한없이 초라 해 지는 상대적 열등감에 빠질 수도 있다.

이곳에 집을 장만하는 과정에서 친구들과 함께 공동으로 시작했던 토지개발이 생각처럼 순조롭지 않아 토목작업에 과도한 지출이 되다 보니 정작에 집을 지을 시점에는 건축에 들어야 할 자금이 넉넉지 않았다. 부족한 건축비를 충당하느라 겨우 은행에 빚을 얻어 집을 완공하다 보니 정원까지는 돈의 여력이 미치지 못했고, 결국 달랑 집만 건축하고 정원과 부속 시설들은 돈이 생기는 대로 조금씩 손수 만들어가게 된 것이다. 딴은 내 맘대로 집 주위를 꾸며 볼 수 있다는 것에 대한 기대감으로 뜨거운 한낮에도 등을 파고들 듯 내리꽂히는 태양을 무릅쓰고 엎드려 일했다. 목재를 사서 뚝딱뚝딱 들마루를 만들고, 전원주택은 풀과의 전쟁이라는 선배들의 조언을 따라 잔디 대신 자갈을 큰 차로 사 모두 앞마당에 직접 깔고 집 주위로는 목재 기둥을 세워 나무 울타리를 만들었다. 그리고 무려 한 장에 40kg을 넘는 보강 블록을 한 장 한 장 손수 쌓아 집 입구에 주차장까지 만들어 나갔다.

주말이나 퇴근 후 혹은 아침 일찍 일어나 틈틈이 매만지는 집은 시간이 지나며 조금씩 화장을 배워가는 소녀처럼 미숙하나 밉지 않은 모양새를 잡아가게 되었고 하나씩 완공이 될 때마다 적잖은 보람으로 흐뭇하게 바라볼 수 있는 여유가 생겼다. 물론 보람의 이면에는 노동의 즐거움과 더불어 근육통을 동반한 고단함, 사소한 부상이 늘 함께 따랐다. 그러나 건축전문가도 아니고 건축에 경험을 가진 것도 아닌 내가 직접 만든 것들에는 어딘가 모르게 비전문가의 허술함이 묻어 있었다. 나름대로 치밀한 계획 과정을 거친 후 디자인하고 인터넷에서 참고자료들도 찾아 적용하였지만, 목공이든 토목이든 기본적인 원리이해와 소양은 갖추고 있어야 높이와 간격으로부터 생겨나는 질서의 아름다움을 조화할 수 있는 법인데 열정과 노력만으로 만들어진 것들에는 늘 10%의 부족함이 고질병처럼 남아 있었다. 그런데도 나 혼자 이곳에 입주하여 살 때는 모든 게 그럭저럭 만족스러웠던 그것이 좌우에 집들이 지어지고 비교 대상이 생겨나면서 점점 내가 만든 정원에 대한 자신감이 쪼그라들기 시작했다.

뭐든 돈이 들어간 만큼 때깔이 나는 법이라고, 투자 비용을 감안하면 그럭저럭 괜찮다는 생각을 위안으로 삼았지만 내 안에도 남의 것과 비교되는 어쩔 수 없는 속물근성이 있었다.

결국, 넓어진 경계와 단차를 해결하고 위축된 자존심도 복구할 겸 장비를 투입하여 나무들을 조심스레 뽑아내고 농기구들을 이용하여 잔디를 심기 위한 평탄 작업을 시작했다.

멀리 함안에서 올라오는 잔디는 비가 온 후라 잔디 떼는 작업 일정이 늦어져 며칠 연착이 된다고 연락이 왔다. 그동안 울타리를 걷어내고, 땅을 다지고 고르고 돌을 골라내는 작업을 하면서 뽑아 놓은 나무가 시들지 않도록 작은 나무들은 다른 땅에 임시로 심었고 조금 큰 나무들은 뿌리 부분을 덮어 수분의 소실을 방지하고 때때로 물을 주어 가며 특별히 신경을 썼다. 라일락은 한창 향기와 꽃으로 작은 정원에 주인공이 될 때였고, 복숭아꽃과 블루베리가 꽃을 함께 피울 즈음이었다. 잔디가 도착하고, 주말에 아이들까지 동원하여 잔디를 심는 작업을 진행했다. 현관문에서 가마솥이 걸린 아궁이까지는 판석과 자갈을 깔았고 비로소 적당한 곳에 나무를 심었다.

나무들에는 이미 잎을 내고 꽃을 피워 올리거나 작은 열매를 달고 있는 상황에서 뿌리째 뽑아 이식한다는 것이 적잖이 미안한 일이었다. 두어 해 전 5월에 제법 큰 단풍나무를 옮겨 심었다가 고사시킨 전력이 있어 마음에 부담이 적지 않았다. 보상심리였을까? 읍내까지 나가 퇴비를 사서 나무를 심게 될 곳에 넉넉히 뿌려주고서 심은 후 단단히 밟아 잔뿌리가 흔들림 없이 잘 뻗어 나가게 했고 조석으로 물을 흠뻑 주어 가지와 잎맥들까지 목마르지 않게 했다.

어쩌면 잔디와 나무들에는 곡진하다 싶을 만큼 정성을 쏟았을 터인데도 며칠이 지나자 사과나무와 라일락, 갓난아기의 손톱만 한 열매를 달고 있는 매실나무 잎들이 시들시들 앓기 시작했다. 정작 잎의 시듦보다 더 큰 괴로움은 적절하지 않은 시기에 나무를 옮겨 심은 것에 대한 자괴감이었다.

정원의 흙을 파내는 장비와 일정을 맞추다 보니 뿌리가 물을 빨아올리는 시기를 한참이나 지나서 나무를 이식하게 된 것인데 정원에 갖다 심은 지 오래된 것은 4년 짧은 것은 2년 정도라 저도 낯선 토양에 정을 붙이느라 여간 힘들지 않았을 터이고, 이제 좀 단단히 뿌리를 내리고 열매도 맺을 만할 즈음에 또 생애의 줄기들을 모질게 끊어 놓았으니 주인의 매정함을 얼마나 원망했으랴 싶다. 부랴부랴 지지대를 세우고 자주 매만지며 미안하다는 말들로 무리한 강행을 사과했다.

며칠이 지나니 시무룩하게 고개를 숙이고 있던 이파리들이 하나둘 생기를 찾기 시작했지만 나와 딸의 애정이 듬뿍 담긴 라일락은 생애의 절정에서 시들어 영영 회생의 기미가 보이지 않았다. 라일락 향기가 딸이 기거하는 2층 창까지 다다를 수 있게 방 앞에다 심어 놓았는데 잎이 시들어 쇠락한 모습을 보기가 여간 속이 상하고 후회스러운 것이 아니었다. 안타까움과 미안한 마음으로 자주 라일락 근처를 서성이는데 아내의 잔소리가 더해지니 상심은 몇 곱절 더 크게 느껴졌다. 잔디가 깔리고 울타리도 새로 만들고 작은 텃밭에 고추며 수박, 참외, 가지까지 심어 보기에는 제법 모양새가 갖추어진 정원 같아졌지만, 나무들의 여린 뿌리를 잘라 그들의 생애를 통째로 흔들어 놓은 것에 대한 자괴감이 깊어 오히려 소탐대실한 것 같은 느낌마저 들기도 했다. 그나마 라일락 뿌리 부분에서 다시 새로운 가지가 돋기 시작하니 영 고사 된 것은 아닌 것 같아 그나마 다소 위안이 되기는 하지만 7~8년은 키워야 할 만큼의 이전 높이까지 자라

려면 그 세월을 어찌 기다릴까 싶은 아득함이 밀려온다.

　자연에 가까운 곳에 들어와 살기 시작할 때는 길가에 아무렇게나 돋아난 들풀이나 산 나무들처럼 남의 이목에 매달려 안달복달하지 않고 주어진 환경에 만족하며 안온한 마음으로 살아가리라 마음을 먹었던 것인데, 복병처럼 잠복하고 있던 그럴듯해 보이고 싶은 속물근성이 저지른 도발에 오히려 마음의 평정이 흔들린 격이 되고야 말았다. 결국, 아기 손톱만 하게 달렸던 매실은 모두 땅에 떨어졌고, 다른 과실나무에 피웠던 꽃들도 시들어 수정 시기를 놓쳤으니 올해는 열매를 보지 못하는 나무들이 태반일 것이다.

　집을 건축한 후 이름을 백운재(白雲齋)라 명명하고 집 입구에 아버지의 붓글씨로 적어 놓았다. 흰 구름을 벗 삼아 책을 즐기고 선비처럼 살아가고 싶은 도가적 의지를 내 걸어 놓은 셈인데 대문을 드나들며 그 글자를 볼 때마다 속물근성을 드러난 나의 부끄러움을 경책하는 것 같아 공연히 겸연쩍어지는 마음을 어쩔 수 없다.

　아직도 남의 시선에 매달려 내려놓지 못한 것이 많은 걸 보니 진정한 선비의 길은 아직 멀다.

봄을 기다리며

지난해 겨울은 그 엄혹함에 진저리쳤다. 모진 추위에 혼쭐난 경험으로 올겨울은 단단히 마음부터 다지고 추위를 대비했다. 그러나 날씨란 게 가늠할 수 없는 신의 영역임을 검증하기라도 하듯 입춘이 되도록 동장군의 서슬 퍼런 창끝 같은 맹추위 맛은 보지 못하고 대체로 포근한 날들이 지속되고 있다.

한겨울, 이 궁벽한 골짜기로 서해 연안을 더듬어 올라온 맵찬 해풍이 불어올 때면 대지는 마치 시장 좌판에 모로 누운 동태의 몸뚱이처럼 바늘 하나 꽂기 어려울 만큼 꽁꽁 얼어붙어 버린다. 그런 땅이 해토 되려면 봄 햇살이 어지간히 공을 들여야 비로소 못 이기는 척 스르르 제 결박을 푸는 것인데 오늘 산책길에 밟아보니 우수 경칩도 되기 전에 땅은 이미 한결 부드러워져 있다. 충청도에서는 이런 날씨를 '푹하다'라고 표현한다. 아마도 '푸근하다'를 줄여서 쓰는 말일 것이다. 푹한 날씨에다 그럴듯한 폭설마저도 없었던 터라 겨울이면 한 번씩 폭설을 핑계로 고립무원의 오지 원주민 흉내를 내던 엄살도 부릴 수 없었다. 농사하지 않는 사람들이야 눈이 적고 덜 추우면 딱 이상적인 겨울 날씨지만 봄 가뭄을 걱정하는 농민들에게는 눈이 내리지 않는 것도 큰 걱정거리다. 입춘 전에는 눈이나 비가 적었으므로 마른 풀들이 예민하게 서걱서걱 소리를 내며 바람에 부대끼곤 했으나 입춘 전날 비가 내린 후로는 눅눅해져 주억거리듯 천천히 바람에 흔들린다. 이렇게 날씨가 푸근해지면 농부들의 마음이 바빠진다. 농사란 게 다 때가 있기 마련이니 일찍 서두른다고 될 일도 아니지만, 날씨가 풀리면 뭔가를 해야 할 것만 같은 생각에 공연히 들판으로 나오게 되는 것이다. 부지런한 농부는 벌써 산성화된 땅에 새로운 흙을 덮어 중화시켜 주고 지난해 작물을 길러내느라 힘이 약해진 땅에는 유기질 거름을 뿌리고 땅을 뒤집어 준다. 이맘때면 청정한 시골 동네인 이곳도 바람에 드문드문 실려 오는 고약한 거름 냄새에 며칠은 괴롭다. 일련의 과정들은 모두 가을걷이를 끝내고 휴지기에 들어갔던 땅을 아기 잠 깨우듯 보듬고 만지는 과정이다.

지난해 고구마 농사를 많이 지었으나 봄 가뭄으로 소출이 적어 적자를 보았다는 한 선배는 기독교인이 아님에도 입버릇처럼 농사는 하나님과 동업이라 하나님이 도와주지 않으면 어렵다고 말한다. 그와 나는 동해안에 인접한 같은 벽촌 출신인데 고향에서 무려 천 리나 떨어진 이곳에서 우연히 만났다. 땅을 기경하기 위해 밭에 나왔다가 후배인 나를 찾아와 커피믹스를 마시며 농사 이야기를 쏟아놓는다. 그의 지론에 의하면 농사 기술이나 기계가 아무리 발달해도 농사에서 핵심적인 결정권은 언제나 하늘이 가지고 있다. 예컨대 하늘이 적당한 때 비와 햇빛을 내려주지 않거나 바람과 기온이 알맞지 않으면 고된 농사의 수고에도 불구하고 제대로 결실을 볼 수 없다고 하니 예나 지금이나 농사를 짓는 사람들의 하늘에 대한 경외심은 지극히 당연한지도 모른다. 시쳇말로 농사에서는 하늘이 갑이고 농민이 을인 셈이다.

　시골로 들어온 후 삶을 바라보는 관점의 변화가 있었다면 그것은 아마도 흙과 나무와 풀 같은 자연을 통해 사람 또한 광대한 자연의 일부임을 관념이 아니라 몸으로 체득하게 되었다는 것이다. 자연의 일부라는 놀랍도록 큰 공통분모 안에서 살아있는 모든 것들은 공기와 물과 바람과 햇살을 공유하고 분배하고 소멸하는 순환의 원리를 따른다. 그리고 자연의 섭리를 통하여 그 모든 것들을 운행하는 창조주에 대한 경외감이 자연스럽게 생겨나는 것이다. 그러나 한편, 이런 골짜기에 들어와서도 여전히 자유롭지 못한 것은 심심찮게 엄습해오는 미세먼지의 공포이다. 건조하고 포근한 요즘은 종종 아침에 눈을 뜨기도 전에 휴대전화로 '미세먼지 나쁨' '외출이나 바깥 활동 자제'라는 문자를 받는다. 이런 날은 종일 마음마저 답답해지곤 하는데 아마도 미세먼지가 인간의 문명이 만들어 낸 산업화의 부산물이고 앞다투어 개발하느라 환경을 염두에 두지 못한 데 대한 합당한 대가임을 스스로 인정하기 때문일 것이다. 아는 것이 병이라는 말처럼 차라리 미세먼지의 해악을 모른다면 바깥출입도 마음대로 할 수 없는 이런 막막한 족쇄에서 자유로울 것 같다는 생각마저도 해 본다. 그러나 미세먼지가 1급 발암물질로 구성되었다고 하니 그나마 은폐하지 않고 알려 대비할 수 있게 하는 것만 해도 다행 아닌가! 그리고 미세먼지를 걸러 준다는 마스크를 착용할 때마다 공상과학 영화에서나 보았던 방독면과 우주복 차림으로 바깥출입을 해야 할 날이 머잖아 뜨악한 현실로 다가오는 것은 아닐지 걱정이 된다. 정오가 가까운 시간에도 창밖으로 여전히 흐릿하게 누운 하늘과 '미세먼지 주의'라는 일기예보를 떠올리며 안 선배의 말처럼 하나님과 동업해야만 정작 중요한 생존의 문제를 해결할 우리가 신에게 위탁받은 자연과 환경을 얼마나 배려했는지, 가속도가 붙은 '개발과 환경'의 불편한 동거를 멈추게 할 수나 있는 것인지를 생각하게 한다.

　겨울의 절정인 대한(大寒)의 고개를 넘어 찬바람 사이로 언뜻 봄의 언저리가 느껴질 때면 언제나 기다리게 되는 봄의 이미지는 청명하게 높아진 하늘과 점령하듯 가슴속으로 밀려오는 화사한 꽃들의 잔치이다. 벌써 어디선가 굳은 땅을 디디고 노란 복수초가 먼저 피어올랐을 것이며 뒤따라 산수유와 개나리가 피고 진달래, 복숭아꽃, 살구꽃이 들불 번지듯 손잡고 피어나면 온 산천이 이내 연심으로 우우 들뜨게 될 것이다.
　제발 기다리는 봄의 이미지가 딱 거기까지였으면 싶다.
　올봄에는 때때로 엄습해오는 황사나 미세먼지의 방해가 없기를….

2019. 3

삼월 일기

요 며칠은 '인류 재앙의 날'이라는 공상과학 영화의 제목 같은 단어가 뇌리에 맴돌았다. 그도 그럴 것이 삼월에 들면서 연이어 닷새째 미세먼지가 들이닥쳐 마치 오래 닦지 않은 안경으로 세상을 보듯 모든 일상이 흐릿하고 불분명했거니와 덩달아 기분까지 우울해졌기 때문이다. 사방이 산 있었던 고향에서의 유년 시절은 봄바람에 송홧가루가 무리 지어 흩날리는 것을 제외하고는 대기의 오염을 볼 수 없었는데 언제부턴가 중국 사막으로부터 불어오는 황사가 닥치더니 급기야는 숨쉬기도 거북한 미세먼지까지 덮쳐 숫제 재앙이 따로 없다는 생각마저 든다.

오죽했으면 깨끗한 공기를 찾아 이민하고 싶다는 사람들의 도피처를 찾는 검색어가 인터넷 검색어 상위에 올랐을까. 거기다 우리나라보다 상대적으로 환경오염이 덜 된 나라들의 말끔한 하늘과 이국적 해변 사진을 미끼로 올려놓은 이민 컨설팅 회사들의 마케팅도 눈에 띈다. 나는 촌에서 자란 놈이라 사실 웬만한 유해 환경쯤은 무시하듯 둔감하게 지냈는데 미세먼지가 있는 날은 목이 컬컬하고 코와 얼굴이 따끔따끔해 마스크 없이

나다니기가 쉽지 않다. 촌놈이라는 단어에는 어쩐지 생태적으로 생존 강점을 타고났을 법한 이미지가 배어 있는 것인데 공기의 오염 앞에서는 얼굴 하얀 도회지 사람과 별반 다를 바 없다. 결국, 오늘은 인터넷에 올라온 이민 대상 나라를 클릭하고 검색하며 이민 절차와 대상국에 대한 정보를 살펴보기도 했다. 이 오염된 환경으로부터의 회피가 간절하여 이민이라도 가리라는 비장한 각오를 한 것은 아니지만 미세먼지가 앞으로 더 심해질 거라는 추측이 난무하니 이대로라면 정말 청정한 공기를 찾아 이민이라도 가야 할 것만 같은 심각성이 느껴진 것이다.

실내에서 지내는 사람들은 그래도 덜하겠지만 바깥에서 고된 육체노동으로 하루를 보내야 하는 사람들이 거친 숨을 몰아쉬기에는 마스크 착용이 불편하여 아예 벗어버리는 바람에 해로운 공기를 폐부에 고스란히 채울 수밖에 없다는 것을 생각하면 남의 일 같지만은 않다. 그래도 3월에 들어서면서 바람은 한결 훈훈해졌다. 겨울을 지낸 대지와 수목들을 쓰다듬기라도 하듯 봄바람이 흔들고 지나가는 사이에 맨 먼저 달려 나오는 산수유는 벌써 봉긋하게 들떠있다. 울음보가 터지기 직전의 아기처럼 마음을 한꺼번에 팡 쏟아내려는 모양이 그저 신기하기만 하다.

지난가을, 빨갛게 조롱조롱 달린 게 보기에 좋아 산수유 열매를 거두지 않고 나무에 그냥 남겨둔 것이 황량한 겨울까지는 그나마 위로가 되었다. 그러나 꽃이 노란 움을 틔우기 시작하자 노모의 젖가슴처럼 탄력 없이 나뭇가지에 매달린 산수유 열매가 이젠 측은하고 거추장스럽게 느껴진다. 며칠을 사이에 두고 변개한 나의 간사하고 이기적인 속물근성을 고스란히 내보인 것 같아 산수유 열매에 공연히 미안한 마음이 들어 손으로 하나씩 거둔다.

　지난해 봄에는 정원 과실나무들이 꽃을 피우고 열매를 막 달기 시작할 무렵 뜰에 잔디를 심기 위해 나무들을 옮겨 심었다. 뽑힌 나무들이 새로운 땅에 착근하고 적응하느라 힘에 부쳐 어린 열매들을 스스로 뚝뚝 떨구었던 안타까운 경험이 있어 올 해는 3월에 들면서 일찌감치 전지하여 서로 간섭하는 가지들이 없도록 미리 수형을 다듬었다. 그리고 지난해 김장배추를 심었던 집 오른쪽 텃밭은 넓은 나무판자를 벽처럼 세우고 기웃한 경사지에 흙을 채워 언덕 너머 박 씨 네 뒤뜰을 정리하면서 캐낸 제법 큰 복숭아와 앵두나무 배나무 등을 여러 그루 심었다. 그렇게 뜰을 돌보느라 퇴근하기 바쁘게 옷을 갈아입고 여러 날 부산을 피운 덕분에 몇 그루의 과일나무들이 우리 뜰을 장식하는 가족이 되었다. 비록 좀 큰 나무를 옮겨 심느라 나뭇가지에 얼굴이 긁히고 오른쪽 팔꿈치 관절 인대가 늘어나는 상처를 입기는 했지만 머잖아 그 나무에 꽃들이 피어나고 탐스러운 과일도 주렁주렁 열리게 될 것을 상상하니 벌써 보상을 받은 듯 마음이 넉넉해진다. ‘그래 이것이 바로 촌에 사는 즐거움이지’ 혼자 진리를 깨달은 은자처럼 흐뭇하게 주억거린다. 기껏해야 겨우 농사꾼 흉내를 내는 정도이니 그래도 할 만한 것이다.

　시골은 춘분을 전후로 감자 심기가 시작된다. 길을 지나다 보면 곱게 갈아 놓은 밭에 가지런히 고랑을 내고 검은색과 흰색이 배열된 비닐을 덮어 놓은 것이 마치 정밀하게 땋아 놓은 흑인들의 레게 머리 같다. 보릿고개까지는 아니더라도 먹거리가 풍족하지 않았던 유년에는 유독 감자를 많이 심었는데 손으로 농사해야 했던 그때는 일일이 둔덕 슬쩍 내려간 곳에다 씨감자를 쑥 찔러 넣었다. 어제 마을로 들어오는 길에 감자 심는 모습을 보니 요즘은 한 명이 두 개의 막대기가 연결된 도구를 땅에 푹 찌르면 막대기 사이 주머니처럼 생긴 곳에다 한 명이 씨감자를 던져 넣는다. 두 명이 함께 협업하니 속도도 빠르고 옛날처럼 허리를 숙여 일하지 않아 노동의 고단함도 덜 할 듯싶다. 농사 중에도 허리를 숙여 일하는 것이 경험적으로 가장 고되었다. 종일 허리를 숙이고 일하다 보면 어쩌다 허리를 펴는 일이 '악' 소리 날만큼 괴로워서 그야말로 뼈 빠지게 일한다는 표현이 결코 과장이 아님을 실감하게 된다. 농기계나 도구가 발달했다고는 해도 종일 푹푹 한 밭에서 작업하는 것은 그리 녹록한 일은 아니다. 시골에는 젊은 사람이 거의 없고 밭은 넓어 동남아에서 온 계절 노동자들이 몇 개월씩 농번기에 일하고 간다고 한다. 나무 심기를 끝냈으니 나도 채소라도 길러 먹으려면 손바닥만 한 텃밭이라도 거름을 주어 뒤집고 만져 놓아야 할 듯싶다.

　누구나 직접 경험하지 않은 것에는 냉철해지고 이성적으로 되는 법이라, 전에 아파트에 살 때는 농산물의 가격에 대해 일반 소비자들과 같이 좀 더 저렴했으면 하고 바라고 있었지만 내가 직접 밭을 일구고 길러보니 땀의 대가에 비교해 농산물의 부가가치는 참으로 낮다는 것을 깨닫게 되었다. 공산품도 사람의 노동이 투입된 결과물이긴 하지만 사철 땅에 엎드려 바람과 햇볕과 때로는 비를 맞으며 작물을 길러내는 수고를 고려하면 공산품과 농산물의 땀의 가치는 좀 차이가 있을 듯싶은 것이다. 거기다 과잉생산이 되어 다 자란 채소를 무더기로 갈아엎어야 할 때의 그 허망한 박탈감은 무엇으로 표현할 수 있을까.

4월하고도 중순은 넘어서야 비로소 시장에는 채소 모종들이 다닥다닥 어깨를 나란히 한 채 볕에 나와 앉아 주인을 기다릴 것이다. 올해는 지난해보다 고추를 좀 적게 심고 최대한 다양한 종류의 채소를 심어 볼 요량이다. 물론 지난해 재미를 보았던 수박과 참외도 심어 튼실하게 익으면 새로 만든 벗나무 아래 평상에서 반으로 쩍 갈라 시원하게 먹어보리라 기대한다. 사람이 사람에게 익숙해진다는 것은 부부가 그러하듯 어쩌면 서로 조금씩 물들어가는 것이다. 시골에 살면서 나도 이 시골 농사꾼들의 일상에 어설프게 물들어가는 중이다. 진즉에 내면에 촌놈의 인자가 있었던 나는 내게로 번져오는 군불 때는 냄새 같은 그 정취가 싫지 않다.

갈수록 봄이 사랑스럽다.

꽃을 노래하라

지난밤엔 봄비가 다녀갔다.

유년 시절에는 가끔 창호지 너머로 들려오던 밤빗소리에 잠 깨어, 조곤조곤 다가오는 발걸음에 귀를 기울이곤 했는데 이중 접창과 두꺼운 벽으로 지어진 지금의 집에서 듣는 봄비 소리는 수줍은 소녀의 가느다란 독백 같아 신경을 집중하고 들어야 겨우 아득하게 들려온다.

미세먼지로 몸살 앓던 대지를 봄비가 씻은 아침은 뒤뜰 너머로 보이는 습지와 들판이 젖어 눅눅해졌고 소년의 거뭇거뭇한 콧수염처럼 여린 풀잎들이 어두운 땅을 뚫고 쑥 고개를 내밀었다. 저수지 주변 습지에는 아직 봄옷으로 갈아입지 못한 억새들 사이 드문드문 서 있는 버드나무 잔가지에 작은 잎들이 돋아나 어느새 연두색 담채화가 그려졌다. 이런 아침은 심호흡을 크게 하고 천천히 봄 냄새를 폐부에 담아본다.

봄비 내린 후의 아침 공기에는 마치 에덴동산에서 막 흘러나온 듯한 원초적 신선함이 묻어 있다. 겨우내 은폐되었던 대지의 비밀스러운 속살을 뚫고 봄비가 스며들면 땅 아래서 죽은 듯 봄을 기다리던 씨앗들이 일제히 소리를 지르며 깜깜한 껍데기를 깨고 힘껏 싹을 밀어 올린다. 땅이 열리며 쏟아내는 냄새가 봄의 생명력을 담은 냄새다. 그건 엄밀히 아직 봄 향기가 아니다. 약간은 비릿한 듯도 하며 혹은 어머니의 적삼에서 묻어나오던 밍밍한 땀 냄새 같기도 한 그것은 명백히 생명을 키워내는 초유와 같은 냄새이므로 자못 경건해진다. 이렇게 4월이 오면 공식처럼 T.S 엘리엇의 '황무지'라는 시가 먼저 떠오른다.

> 사월은 가장 잔인한 달
> 죽은 땅에서 라일락을 키워내고
> 추억과 욕정을 뒤섞은 채 잠든 뿌리를 봄비로 깨운다.
> 겨울은 오히려 따뜻했다.
> 망각의 눈(snow)으로 대지를 덮고
> 마른 구근으로 약간의 삶을 연명하게 해 주었다.
> ―「황무지」T.S 엘리엇

모든 것이 회생하는 생명의 시기를 가장 잔인한 달로 표현한 시인의 의도는 너무 아름다워 오히려 잔인하게 느껴진다는 명쾌한 역설일까? 그러나 시인의 손을 떠난 시의 감상은 늘 독자의 몫이다. 나는 시의 역설에 대한 고민보다 '죽은 땅에서 라일락을 키워내고 추억과 욕정을 뒤섞은 채 잠든 뿌리를 봄비로 깨운다.'라는 구절에 더 오래 마음이 머문다.

지난해 정원에 옮겨 심다 고사해 버린 라일락 나무를 통째로 잘라 냈으나 그 작은 그루터기에서 옆으로 여러 갈래 여린 가지를 냈기 때문이다. 지난주에는 그 여린 가지들에서 아기 이 같은 잎눈과 꽃망울을 한꺼번에 내기 시작했는데 놀라운 생명력 앞에서 이 시가 기억나지 않을 수 없었다. 죽은 땅과 깊은 잠이 든 뿌리를 깨워내는 봄의 생명력은 얼마나 경이로운 것인가! 나는 때때로 땅을 뚫고 올라오는 꽃과 나무와 풀의 생명의 소리가 분명 있을 것이란 상상을 한다. 그런 생각으로 잠잠히 봄 들판을 바라보면 때로는 요한 시트라우스의 봄의 왈츠가, 때로는 고향의 봄 같은 동요가 들리는듯하다. 왈츠 음률에 맞추어 춤추듯 몸을 흔들며 싹이 솟아오르고 손을 앞으로 모으고 노래하는 아이처럼 바람결에 리듬을 타며 동요를 부른다.

마음으로만 들을 수 있는 봄의 소리는 촌에 묻혀 살며 귀가 순해진 사람만이 누리는 고유한 특혜인지도 모른다. 나는 4월을, 화려하지 않으나 아름다운 시골 처녀 같다고 생각한다. 아마도 그건, 벚꽃과 조명이 어울려 프릴 원피스처럼 하늘거리는 도시의 가로수나 꽃 축제장이 아니라 꼬불꼬불한 시골길을 돌고 돌며 마주하게 되는 산 벚꽃이나 산 목련, 어느새 소리 없이 피어 수수한 웃음으로 반기는 진달래에 같은 꽃들에 내 시선이 국한되어 있기 때문일 것이다.

꽃이 피어오르는 요즘에는 늘 뜰에 나가 꽃을 가만히 들여다보며 말을 걸거나 향기를 맡거나 사진을 찍는다. 4월에는 누군가 밤새 몰래 심어 놓기라도 한 듯 아침마다 낯선 민들레나 제비꽃이 피어있기도 한다. 이즈음에 며칠 집을 비우고 여행에서 돌아온 사람들이 정원에 지천으로 핀 야생화를 보고 깜짝 놀라는 일도 있다. 봄꽃을 보고 있노라면 사람들이 왜 아름다운 것들을 일컬어 꽃 같다고 표현하는지 능히 알 것 같다. 봄꽃의 분홍색은 겨울 추위에 단단해진 마음을 녹이는 힘이 있어 바라보는 이의 망막에 닿아서는 이내 가슴으로 물들어 온다. 봄에 마음이 공연히 술렁이고 누구라도 사랑할 것 같은 연심(戀心)이 드는 이유도 바로 분홍 꽃비에 마음이 물들기 때문이다. 내가 아는 시인은 페이스북에 꽃 사진과 자작시를 자주 게시한다. 그와 얼마 전에 만나 이런저런 이야기를 나누는데, 선배 시인으로부터 이런 시국에 한가로이 꽃 타령이나 하고 있냐는 핀잔을 들었다고 말했다. 사람의 생각이야 각기 다르니 뭐라 할 판단할 일도 아니지만 모든 사람이 국정이나 경제, 인권 등의 논쟁거리에 매달려 우리 곁에 온 계절의 아름다움을 누리지 못하고 전전긍긍하는 것 또한 그리 바람직한 것은 아닐 듯도 싶다. 소셜네트워크가 보편화하면서 여러 직간접적인 인맥들이 서로 친구가 되어 서로의 일상을 공유하는데 내게도 아직 1980년대 대학가에서 짱돌을 던지던 정신으로 살아가는 친구가 있다. SNS 속 그의 일상은 다분히 실천적이고 이념적이다. 그의 관점 속에는 감상적인 이들을 향한 약간의 비판의식이 묻어나오기도 하는데 그러한 그의 성향을 판단하게 되면 서로의 친구 관계는 아마도 이내 격조해지고 말 것이다. 누군가는 나라를 걱정하고 또 누군가는 봄의 아름다움을 맘껏 누리는 게 삶의 다양성이고, 개별성이므로 나와 다른 이의 일상을 비판 없이 존중해야 더불어 살아갈 수 있을 것이다.

4월부터는 이어 달리듯 꽃들이 차례로 피어난다. 지금은 수선화, 산수유, 제비꽃, 벚꽃, 꽃마리 같은 것들이 피어있고 뜰에 과실수들도 곧 열매에 앞서 수줍게 꽃다발을 내밀 것이다. 어찌 나라와 경제와 일상에 대한 이런저런 염려가 없을까만은 나는 그저 꽃이 필 때는 꽃을 노래할 것이다. 이 노래는 그리 길지 않을 것이며 봄바람과 함께 계절의 언덕을 넘어 짧고 설레었던 사랑처럼 곧 추억이 될 것이므로…….

몇 해 전부터 행복한 삶을 기원할 때 '꽃길만 걸으세요'라고 표현하는 게 유행이다. 행복을 통칭하는 이 문장처럼 춤추듯 꽃길을 걸을 수 있는 봄이기를 소망해 본다.

안개주의보

새벽에 일어나니 지천을 덮은 봄 안개가 조곤조곤 대지를 재우고 있다.

사방을 휘둘러보니 마을 주위의 산과 드문드문 머리를 세운 지붕들과 담담한 소나무의 정수리가 흐릿한 실루엣으로 물끄러미 서 있다. 안개가 짙은 날은 채도가 낮아져 주위의 모든 사물이 마치 연한 수묵 담채화처럼 간결하다.

뒷짐을 지고 늙은이처럼 공연히 골목길을 어정어정 걸어본다. 미세한 물방울들이 공중에 떠 있는 안개는 얼굴에 닿으며 이내 스러져 촉촉해진다. 아파트에 살 때는 붕붕거리며 지나가는 자동차 때문에 왠지 안개 속에도 배출가스가 점착되어 있을 것만 같은 불안감에 숨쉬기가 힘들었는데, 얼굴에 와 닿는 그 서늘한 느낌이 부담스럽지 않은 것만으로도 시골 생활의 프리미엄을 누리는 셈이다.

시골집은 아파트처럼 바람이 불면 몇 천만 원씩 자산가치가 오를 일이 없는 대신에 숨쉬기라도 편한 이점이 있으니 그나마 보상이 되는 것 같아 위안이 된다. 시골에 살다 보니 '가을 안개는 쌀 안개, 봄 안개는 죽 안개'라는 말이 먼저 생각난다. 도시에 살았더라면 계절의 정취로 다가올 만한 풍경들도 시골 생활에서는 농사와 삶의 실제적 문제로 곧잘 연결되곤 하는 걸 보면 이제는 마음까지도 조금씩 촌사람으로 체화하는 것 같다. 가을 안개는 맑은 햇살을 비추게 하여 곡식의 결실을 촉진하지만 봄 안개는 식물의 성장을 느리게 하고 병충해의 발생을 높여 궁극적으로 소출이 줄어들게 한다는 속담인데, 전문 농사꾼이 아닌 나는 그 속담의 객관성은 보장하지 못한다. 그래도 이 안개가 땅에 기대어 살아가는 농부들의 시름이 되지는 않았으면 싶다.

골목길을 걷다가 몇 미터 앞을 분간하기 어려운 풍경에 문득 급체한 듯 답답한 생각이 밀려온다. 아마도 자정을 넘기자마자 접하게 된 전직 대통령의 구속 소식이 연상되었기 때문일 것이다. 시골에 들어오면서 세상사 분분함에도 좀 멀어지기를 은근히 기대하였고 그러잖아도 벌집 쑤셔놓은 듯 시끄러운 정치 이야기에 나 같은 촌부(村夫)까지 경박한 입을 더한다는 것이 바람직하지 않을듯하여 되도록 자아 성찰이나 하며 사는 것이 내 분수에 맞는 일이라 여겼으나. 스마트폰만 열어도 온갖 세상 소식이 문을 활짝 열고 쏟아져 오니 신경이 쓰이지 않을 수 없다.

역대 통치권자가 한꺼번에 둘씩이나 전직 비리와 관련하여 구속되는 일이 지구상의 나라 중에 또 있을까 싶다. 이 땅에 사는 국민도 그 참담함에 마음이 무거울 터인데 세계에 흩어진 재외국민들에게 전대미문의 부끄러운 소식이 어떤 영향을 줄지 염려가 된다. 여전히 두 전직 대통령의 구속에 관하여 한쪽에서는 정치보복이나 무죄를 주장하는 국민도 있으니 비위 사실의 사실 여부는 내가 판단할 일이 아니기는 하나, 건국 이래로 대통령 본인이나 자녀 혹은 친인척 비리와 관련하여 잠시 자리를 대신한 대통령을 제외하고는 한 사람도 명예롭지 못한 것을 보면 무언가 잘못되어도 한 참 잘못된 정치구조로 되어있다는 생각이 든다. 그런데도 선거철만 되면 푸른 기와집 의자에 앉고 싶어 안달하는 사람들로 난리 북새통을 이룬다.

지금까지의 전례를 들자면 대통령 퇴임 후에는 구속되어 갇혀 저잣거리의 안주 취급받는 것이 일반적인 경로인데 그런데도 여전히 최고 권력의 자리를 흠모하는 자들이 많다는 것은, 그 비루한 말년의 대열에 합류하지 않을 자신이 있다는 것인지 아니면 감수할만한 충분한 이점이 있는 권력의 자리인지 동네 반장도 못 해본 나로서는 권력의 매력적인 단맛을 짐작조차 하기 힘든 일이다. 모르긴 해도 세상사 어떤 일엔건 본연의 역할과 고유 기능이 있으니 거기에만 충실하면 물 흐르듯 편안할 일이지 싶은데 본질에 가해지는 탐욕을 다스리지 못해 본래의 기능을 왜곡하고 굴절시키고야 마는 것은 아닌지 모르겠다.

요즘에 들어와서 논어를 다시 읽기 시작했다. 학창 시절에는 서양철학보다 꽤 포괄적인 뜻을 품고 있는 동양철학이 외우기도 어렵고 그 개념의 경계가 모호한듯하여 두루뭉술함을 싫어했는데 온갖 질곡의 세월을 넘고 보니 옛 성현들의 깊고 예리한 통찰력을 이젠 어렴풋이 공감할 수 있게 되었다.

공자가 가르침 중에 정치인의 네 가지 덕목은 이러하다.

첫째는 충분한 지식, 두 번째는 자기 절제의 인간성, 세 번째는 가볍지 않은 신중한 태도, 네 번째는 예절 정신이라고 했다. 입신양명을 꿈꾸며 올라간 사람들이 하루아침에 사상누각처럼 무너지는 것을 보면 모두 스스로 다스리지 못한 탐욕 때문이며, 탐욕의 힘이 절제의 의지를 넘어섰기 때문이다.

이번 두 전직 대통령의 구속과 신선한 이미지로 차기 유력 대권 주자에서 한낱 파렴치한 성폭행 혐의자로 전락한 어느 도지사의 충격적인 몰락을 대하면서, 이 땅에서 기본을 지켜 갈 역량을 가진 지도자 찾기가 그렇게도 어려운 일인지를 고민해 본다.

그러다가 모든 것이 어렴풋한, 안개 낀 새벽 아침에 디오게네스의 등불을 생각한다. 이상 국가를 꿈꾸던 폴리스 국가에서도 참된 사람을 찾을 수 없어 철학자 디오게네스는 대낮에도 등불을 들고 거리를 다니며 '사람을 찾습니다'라고 외쳤다고 한다. 세계 최고의 수준의 학구열을 가진 우리나라에서 똑똑해서 잘난 사람이 아니라, 진정으로 정직한 사람을 찾기 위해서 디오게네스의 등불이라도 들고 백주의 거리를 헤매고 다녀야 하는 것일까.

부디, 이 나라가 나 같은 촌뜨기까지 나라 걱정하지 않아도 될 기본이 견고한 나라가 속히 되기를 소망한다.

5월 정원에서 박완서 선생을 기억하며

오랜 무덤처럼 황무했던 갈색의 계절을 지나 곧 물 들어올 연두와 초록을 환영이라도 하듯 4월이 화려한 꽃다발을 흔들고 사위어가면 5월의 숲은 슬그머니 농밀해진다. 깜깜하고 깊은 땅속뿌리와 딱딱하게 굳은 나무껍질 속에서 터져 나오듯 번지는 저 많은 푸름이 어떻게 간직되고 있었는지 참으로 경이롭다. 작은 잎들이 무성해지면서 숲은 마치 유치원 교실의 조잘거림처럼 와자지껄해지고 비밀스러워진다. 이즈음이 바로 신록에 감추어져 있던 애기똥풀이 문득 눈에 들어오는 때다. 고개를 숙여 가만히 들여다보면 네 잎 클로버 모양으로 노랗게 피워 올리는 꽃잎은 마치 누군가의 절절한 이별 이야기가 숨어 있는, 살짝 구겨진 손수건처럼 애잔하다. 곧추선 줄기를 꺾으면 누런 액체가 흘러나와 애기똥풀이라 부른다. 낱 포기로 보면 별것 아니지만, 군락을 이루게 되면 화장을 완성한 여자의 얼굴처럼 조화로움이 묻어나 아름답다는 표현이 아깝지 않다.

남부지방보다는 봄이 늦은 이곳의 특성상 모종이 냉해로부터 안전한 5월 초에야 고추를 심는다. 올해는 풋고추로 따 먹을 몇 포기만 심으려던 계획이었는데 농사하는 선배가 남은 모종을 50포기나 주는 바람에 보다 애초 계획보다 더 많은 20포기를 심고 나머지는 이웃에게 나누어 주었다. 지난해 즐거움을 주었던 수박도 조금 심고 호박, 가지, 오이, 항암에 탁월한 효과가 있다는 여주도 조금씩 심어 시골 사는 재미를 고루 느낄 만큼만 봄 농사를 마무리했다. 적은 농사라도 제대로 해야겠다는 생각에 퇴비 거름과 지력을 도울 복합비료도 뿌리고 좁쌀 같은 토양살충제를 뿌려 한 사흘을 둔 후에(사흘은 공기에 노출해 둬야 거름의 독성이 날아간다) 텃밭을 기경하기 시작한다. 퇴비와 비료와 토양살충제는 뒤집힌 땅 밑에서 심어질 작물의 생장을 위한 모유와 같은 기능을 할 것이다. 수분의 유지와 잡초의 생장을 막기 위하여 비닐을 깔고 물을 준 후에 모종을 심는다.

이제 농사가 본격적으로 시작되는 것이다. 시골에서의 이맘때는 누구나 부지런해지는 때이다. 아침에 일어나자마자 뜰로 나가 모종에 물을 주고 밤새 눈에 띄게 자란 잡초를 뽑고 퇴근 후에도 어둑어둑해질 때까지 밭과 정원을 만져야 한다. 하루가 다르게 솟아오르는 잡초와 이름 모를 꽃 중에 남겨둘 것과 뽑아야 할 것들을 결정하고 부지런히 손을 움직여야 집 주변이 잡초밭이 되지 않는다.

집 주변에 핀 대다수 꽃은 직접 씨를 뿌리거나 심은 것이지만 심지 않아도 피어나는 야생화도 여러 종류가 있다. 게 중에 특히 애정이 가는 야생화는 제비꽃과 민들레와 꽃마리다. 민들레는 노란 꽃이 절정을 이룬 후에는 뽑아 주어야 홀씨로 인해 민들레 천지가 되는 것을 어느 정도 방지할 수 있다. 꽃 보기는 좋아도 꽃이 지고 홀씨마저 날아간 후에는 멀뚱멀뚱한 꽃대와 완강한 잎들만 남아 관상의 효과는 거의 없기 때문이다.

5월은 땅과 나와의 거리가 가장 밀접해지는 때이기도 하다. 늘 땅에 쪼그리거나 허리를 숙여 군상처럼 끝없이 돋아나는 잡초를 손이나 호미로 뽑아낸다. 흙 속에서 잡초의 뿌리를 캐내거나 조밀한 모종을 솎아내기 위해 혼자 흙을 만질 때, 조금씩 길어지는 저녁 산그늘을 따라 물안개처럼 은밀하게 밀려오는 마음의 평정이 있다. 호수처럼 고요하고 잔잔한 이 평화의 시간에 들뜨고 격앙되어 있던 일상의 감정들은 낮게 침전되고 비로소 그 어떤 것도 가장하지 않은 내면의 나를 만나게 된다. 그것은 어쩌면 경전이 없는 수행이고 깨달음이다. 중세의 수도사들이 농사하며 자급자족했던 이유가 여기에 있는지도 모를 일이다. 그리고 퇴근 후 어둑해질 때까지 밭에 엎드려 호미질할 때, 종종 잔디로 덮인 정원과 텃밭과 꽃밭에 엎드린 일상을 길게 찬미했던 박완서 선생을 떠올린다. 서울 아파트의 편리함을 벗어나 때로 이게 무슨 고생인가 싶을 만큼 낯설게 누리게 된 불편함이 되레 문학에 대한 열정 다음으로 선생의 노년을 지탱한 자양분이었음을 글의 소재로 등장하는 횟수만 보아도 능히 짐작할 수 있다. 노년에 흙에 엎드려 마주한 삶의 본질과 선생이 좋아하던 꽃들과 그것들을 쑥쑥 길러내던 땅에 대한 애착은 세속적 욕심이 아니라 지나온 세월을 차분하게 성찰하게 하는 유의미한 도구들이었으리라. 선생은 특히 토종 꽃에 대한 애정이 깊었는데 홑 채송화가 그런 경우이다. 시골 출신인 나도 텃밭을 만들면서 정원과 텃밭 사이의 경계를 일부러 밭에서 주워온 돌들로 낮게 쌓고 그 아래는 아버지가 구해오신 토종 홑 채송화 씨를 뿌렸다. 꽃도 피어난 장소에 따라 느낌이 아주 달라지기도 하는데 투박한 돌담 아래 피어난 채송화는 가장 보잘것없는 소재의 담을 유년의 기억을 회상하게 하는 추억의 장소로 치환하는 힘을 가지고 있다. 홑 채송화는 겹 채송화에 비해 가녀리고 빈약하다. 뒤에 받쳐 줄 꽃잎 한 장 없이 오롯이 외 꽃잎으로 하늘을 떠받친다. 그래서 홑 채송화를 물끄러미 들여다보면 늘 여위어 있던 어머니와 누이들과 담장 밑에서 소꿉놀이하던 어린 여자아이들의 이름과 검정 고무신이 기억난다. 그러므로 돌담과 채송화는 마치 해리 포터에 등장하는 마법 학교인 호그와트로 들어가는 지하철 벽 문처럼 현실에서 벗어나 유년의 추억으로 들어가는 관문의 역할을 하는지도 모른다.

박완서 선생과 같은 대작가의 삶에 나를 빗대는 것은 가당치 않은 일이나 나 또한 정원에 엎드려 호미질할 때, 선생께서 담담한 문체로 옮겨놓았던 정원에 엎드린 일상의 깨달음이 이런 것이었을까 라고 때때로 생각해 보는 때가 있다.

올해는 담장 밑에 핀 홑 채송화를 볼 때, 살아서 돌아갈 수 없었던 고향에 대한 그리움으로 물끄러미 바라보았을 박완서 선생의 홑 채송화 같은 얼굴이 기억날 것 같다.

연착된 봄소식

새벽부터 내린 봄비 탓인지 경칩이 지났음에도 오후 날씨는 마치 지난 계절로 잠시 회귀하는 듯 꽤나 쌀쌀했다. 음력 24절기 중 세 번째 절기인 경칩에는 대지와 물과 바람까지도 봄기운에 젖어 예로부터 흙일을 해도 탈이 없다고 해서 흙담이나 벽을 손질하는 일이 많았다고 한다. 나도 지난 주말에는 아내와 함께 텃밭을 손보고 도라지를 모두 캐내 일부는 껍질을 벗겨 매콤한 고추장에 무쳐 먹기도 하고 또 몇 뿌리는 복숭아나무 밑에 다시 옮겨 심었다. 우수를 지나면 흙은 비로소 냉랭했던 마음의 빗장을 풀고 한결 부드러워진다. 도라지를 캐내고 푸슬푸슬한 땅에 잘 부숙된 퇴비와 복합비료를 뿌리고 삽으로 뒤집어 주면 땅은 이내 지력을 회복하여 올해도 푸릇푸릇한 푸성귀들을 쑥쑥 길러 낼 것이다.

한편 5년 전에 입주하며 옆집과의 경계에 심었던 자두나무는 후에 심은 유실수들이 모두 열매를 낸 지난해까지도 멀쑥이 크기만 했을 뿐 아직 열매를 맺지 못했다. 나무를 심은 이듬해 옆집이 들어서면서 그 집 보일러 연통에서 뿜어져 나오는 연기가 바로 나무쪽으로 쏟아져 열기에 시달린 탓인지, 아니면 2층으로 지어진 옆집 그늘에 가려 일조량이 부족했던 탓인지는 알 수 없지만 어쩐지 진딧물과 이끼 같은 것만 무성했을 뿐 예의 그 푸른빛이 도는 꽃마저도 볼 수 없어 차라리 베어버릴까 하는 생각까지 하게 되었다. 그러나 생장 환경이 좋은 쪽으로 옮겨 심으면 무언가 변화가 있지 않을까 하는 아내의 의견을 따라 이번에 집 서쪽 텃밭 복숭아나무 앞에다 옮겨 심었다. 뜰에 있는 나무들에게는 거의 말을 걸어보았는데 녀석은 발길이 잘 닿지 않는 구석진 컨테이너 옆에 있었기 때문인지는 모르지만 내 관심의 영역에서 소외되었던 듯도 하여 옮겨 심고 나서야 웃자란 가지를 잘라주며 구석진 곳에서 혼자 외로웠을 시간들을 미안한 마음으로 위로해주었다. 그러고 보니 예년 같으면 남도의 봄꽃 소식으로 뉴스와 인터넷이 연일 시끌시끌할 때인데도 올해는 어디서도 봄꽃 소식을 접할 수 없다. 아마도 올 초 중국에서 발생하여 우리나라뿐만이 아니라 북미와 유럽까지 확산되고 있는 코로나19 바이러스로 나라 곳곳이 심란해 꽃 이야기마저도 감정적 사치로 치부될 상황이라 누구라도 입을 떼기가 쉽지 않을 것이다. 그러나 봄을 이기는 겨울은 없다고 했으니 아마도 아랫녘 동백은 차가운 바람 속에서도 보란 듯이 탐스러운 꽃봉오리를 터트렸을 테고 구례의 노란 산수유에 이어 광양 매화까지도 피어 남도는 온통 봄꽃 천지가 되었겠지만, 꽃소식을 전하는 이가 없는데다 중부지방인 이곳은 아직 한껏 부풀지도 못한 몽우리들만 맺힌 정도이니 마음은 여적 겨울의 연장선에 있는 듯 휑하기만 하다.

남도의 봄꽃 소식이 전해져 올 때쯤이면 늘 생각나는 이가 있다. 이미 십여 년 전에 입적하신 법정 스님이다. 그분을 직접 대면하여 본 것은 아니지만 글들 속에 투영된 성품은 마치 맑고 투명하게 얼어있던 얼음처럼 차갑고 서늘했다. 그러나 자연의 이치에 거스림 없이 물 흐르듯 홀로 살아가는 모습이나 한지처럼 세련되지도 않고 질박하되, 자연을 통해 삶의 도리와 이치를 관조하며 풀어 놓은 글들은 마치 나이를 먹어가며 비로소 그 진가를 알게 되는 옛 음식의 깊은 풍미처럼 스스럼없이 빠져들게 했다.

스님의 행적 중에서도 유독 기억에 남는 장면은, 봄이면 멀리 남도까지 꽃 마중을 나가셨던 일인데 평소 대쪽 같은 성품으로 미루어 꽃 따위에는 무심할 듯싶은 분의 꽃을 향한 연심이 도무지 어울리지 않는 모습이라 내심 의아하기까지 했다. 그러나 불의한 것에 타협하지 않는 곧은 성품이니 오히려 허탄한 것들이 틈입하지 못한 그 마음은 여백이 가득한 화선지 같아서 남도의 봄이 수채화처럼 담담하게 스며들지 않았을까 싶다. 그리고 남도 사람들의 정겨운 사투리를 들으며 매화 꽃잎 떨어져 무심히 흐르는 섬진강 물소리에 눈 고장의 기나긴 겨울처럼 겹겹이 쌓였던 수많은 번뇌를 차례로 흘려보내는 것으로 동안거(冬安居)의 대미를 장식했다면 그 또한 얼마나 정갈한 수행의 완성이었을 것인가!

그러고 보면 구도자의 눈으로 보는 꽃과 들뜬 상춘객의 눈으로 보는 꽃이 대상은 동일해도 존재의 의미와 느낌은 각기 다른 아름다움으로 마음에 닿았을 것 같다.

봄꽃은 겨울의 혹한을 인내한 것에 대한 계절의 보상이다.

코로나의 공포 때문에 계절의 감각이 둔해진 탓인지 실제로 봄이 늦게 당도한 것인지는 모르지만 뜰의 산수유가 올해는 더 늦게 꽃망울을 터트려 봄소식이 연착된 듯하다. 그래도 4월이 오면 마당 곳곳에 못내 그립던 꽃 등불이 환하게 걸릴 것이다.

제2부

옛 음식에서는 눈물 맛이 난다

여름이 지나는 소리

지난밤에는 사정없이 몰아치는 비바람에 잠을 설쳤다.

시스템 창호만 닫아 버리면 바깥소리가 먼 메아리처럼 들려오는 아파트에서는 거의 들을 수 없지만, 시골에서는 자연의 소리가 지척까지 다가와 있어 친숙해질 수밖에 없다.

밤새워 세상을 뒤집기라도 할 기세로 함부로 불어대던 비바람이 새벽녘에는 다소 누그러져 숨 고르기를 하는 것을 보고 우산을 쓰고 뜰에 나가 보았다. 곳곳에 폭풍우로 인한 상흔이 역력하다. 딸아이가 좋아해서 창가에 심은 라일락 나무와 올해 처음 열매를 하나 매달고 성장 중인 매실나무 가지, 어디서 날아왔는지도 알 수 없는 느티나무 가지에, 일찌감치 떨어져 누운 성성한 대추나무 잎들까지 곳곳에 널브러져 있다. 그나마 야트막한 산골에 있는 집이니 부스스해진 머리카락 같은 뜰을 청소하고 자리를 이탈한 물건들을 제 자리로 돌려놓는 것으로 마무리하였지만, 어느 지방은 물난리를 요란하게 겪었다고 하니 그 불편과 복구의 수고가 오죽할까 싶다. 대략 뜰을 정리하고 잠시 우산을 든 채 잔잔히 내리는 빗속에 서 있다. 수돗가에 심은 산수유의 우듬지를 타고 빗줄기가 작은 항아리 속으로 떨어지는 소리를 듣고 있으려니 문득 고향 집 추녀의 낙수 소리가 들리는듯 하다.

고향집 지붕의 추녀에는 물받이가 설치되지 않아 지붕을 타고 내려온 빗물들은 사정없이 맨몸으로 땅에 고꾸라졌었다. 빗줄기가 거셀 때에는 지붕에서 폭포수가 떨어지는 것 같았고, 빗발이 가늘어질 때는 쪼르르 사내아이의 오줌 줄기 같은 소리를 내었다. 그리고 땅바닥에 떨어지는 빗방울은 지붕의 골을 따라 일정한 간격으로 빗물 구멍을 내곤 했다. 이 구멍으로 떨어지는 낙수 소리는 밤과 낮이 각각 다르게, 그리고 떨어지는 빗방울의 양에 따라서도 또 다른 소리로 들려왔다. 낮에는 번잡한 세상 소리에 희석되어 여간 집중하지 않고는 낙수 소리를 마음에 담기 어렵다. 그러나 한밤중, 물이 고인 빗물 구멍 속으로 마지막 여운이 한 방울 한 방울 떨어질 때, 그 소리는 불 꺼진 내 방문을 넘어와 잔잔한 웅덩이 같은 마음속으로 영롱하게 떨어지곤 했다. 점점 뜸하게 떨어지는 빗방울 소리를 하나, 둘, 셋, 넷 헤다 빗방울 소리를 안고 잠이 드는 것이다.

그러고 보니 앞을 보고 내달리기에 바쁜 직장인으로, 가장으로 살아가느라 오랫동안 자연의 소리에 귀를 기울일 마음의 여력과 기회를 얻지 못했다. 정보에 뒤처지면 경쟁력을 잃어버리는 세상을 살기 위해 밖을 향해 빳빳이 촉수를 곤두세우고 살았으니 내면을 돌아보기가 수월치 않았을 것이다.

열심히 살아보려 앞만 보고 힘껏 달려왔는데 어느 날 문득 허망해져 버린 자신에 눈물이 났다는 누군가의 고백을 들으며, 어느 곳인가를 채우기 위해 정신없이 달려갈 때, 또 다른 어딘가는 비어갈 수도 있다는 것을 깨달았다. 그 상실의 실체는 누구도 알 수 없는 자신만의 평정의 본능일 수도 있을 것이며, 경쟁 구도에서 생존하기 위해 환경에 자신이 적응시켜 가느라 외면해 버린 가련한 자존감일 수도 있을 것이다.

그래서, 상처 난 자신을 회복하고자 생겨난 용어가 힐링(healing)이다. 힐링(healing)은 몸과 마음, 혹은 영혼의 치유와 회복을 의미한다.

과거 인디언들은 몸이 아플 때 숲으로 들어가 나무를 껴안거나 땅을 파고 누워있음을 통해 치유하였다는 것을 보더라도 자연으로부터 온 유기체인 인간이 자연 속에서 몸과 마음을 치유받는다는 것은 설득력이 있다. 요즘은 독일과 같은 곳에서는 숲 치유가 의료보험 적용받는다고도 하니, 심리적인 것뿐만이 아니라 의학적 효과성까지 입증하는 셈이다.

나 또한 집 앞으로 난 소나무 숲길을 통해 종종 산책을 나선다.

수목들 사이로 언뜻언뜻 불어오는 바람이 작은 이파리를 흔드는 소리를 만날 때, 머릿속은 문득 옹달샘처럼 정갈해진다. 숲길을 걷다가 머리와 가슴이 가벼워짐을 경험하는 순간이 치유를 맞이하는 때이다. 바람이 이파리를 흔드는 소리는 어떤 단어로도 형용하기 어렵다. 바람의 속도와 방향에 따라 이파리의 뒤척임이 달라지고 서로 몸을 부대끼며 만들어내는 하모니도 달라지기 때문이다. 그리고 풀벌레 소리는 시골 생활의 배경음악과 같은 것이다. 어쩌면 몰입하게 하지는 않더라도 평온한 분위기를 느끼게 하는 은은한 향수와도 같다.

가끔 멀리까지 들려오는 풀벌레 소리를 들으며, 작은 체구에서 어쩌면 그렇게 멀리 소리를 보낼 수 있는지를 궁금해하곤 한다. 풀벌레 소리의 진수는 금방이라도 떨어질 것 같은 보름달이 머리 위에 떠 있는 밤, 조금은 서늘해지는 바람을 타고 들려오는 귀뚜라미 소리이다.

또르르 또르르 달빛 위로 흐르는 그 소리는 본질을 해치는 그 어떤 것도 가미 되지 않은 가장 순도가 높은 청정의 소리이다. 소리의 실상은 수컷 귀뚜라미가 암컷을 부르는 세레나데이다. 달포에서 두어 달간 생존하는 성충은 그 생존 기간 종족 번식의 사명을 다하기 위해 힘껏 날개를 마찰시켜 초당 최소한 1,500회 정도나 소리를 낸다고 한다.

아름다운 연인을 만나기 위해 얼마나 정성 들여 목소리를 가다듬었을지는 능히 짐작할 만하다. 연인의 사랑을 받기 위해 지극한 정성을 쏟는다고 공을 들이는 것은 인간을 포함한 살아있는 모든 사물의 본능적 공통분모이기 때문이다.

시골 생활에서 듣는 소리는 사실 나열할 수 없을 만큼 다양하다.

내가 분별할 수 없는 여러 종류의 풀벌레 소리와 푸드덕 날아오르는 산비둘기의 날갯짓과

먼 데서 누군가의 이름을 부르는 그것같이 아련한 노루의 울

음소리, 웅장한 오라토리오처럼 울려 퍼지는 개구리의 합창, 한밤의 정적을 가르는 부엉이 소리까지…….

이런 소리에 가만히 귀를 기울이고 듣다 보면 마침내 내가 자연의 소리를 듣는 관찰자가 아니라 본래 그 자리에 있었던 당연한 자연 일부이었음을, 아무런 저항 없이 받아들이게 되는 것이다.

시골에 집을 지으며 거실에 TV를 들이지 않았다. 이사 때마다 처리를 고민하며 들고 다니던 LP Disk를 듣고 즐기고자 하는 생각도 있었거니와 드라마의 마력에 중독되어 방영 시간에 집착하게 되는 폐해를 없애기 위함이기도 했다. 대신에 여름을 지나는 시골의 밤 뜨락은 자연의 소리로 가득하다. 그 소리는 곧잘 사유(思惟)의 동기가 되기도 한다. 낮 동안 일상에서 있었던 수 없는 말과 행위들과 일들을 잠잠히 가라앉히고 본래의 나를 회복케 하는 성찰을 끌어낸다.

법정(法丁) 스님은 달이 휘영청 떠오른 저녁이면 문을 열고 불도 켜지 않은 채 차를 마시며

달빛 구경하기를 즐기셨다고 한다. 아마 그 밤에도, 풀벌레 소리는 스님의 산방을 찾아가 사유를 견인하는 조용한 배경음악이 되어 주었을 것이다. 올해 여름은 번잡한 해수욕장이나 일부러 산을 찾을 필요는 없을 것 같다.

휴가를 즐기는 이들도 며칠쯤 조용한 산속에서 자연의 소리에 귀를 씻고 영혼이 말갛게 되는 힐링을 경험하기를 권면한다.

가슴에 담아 두고 싶은 풍경들

　오월을 계절의 여왕이라 부르는 것이 전에는 경험치가 다소 모자란 피상적 단어였다면 시골로 들어온 후에 오감으로 느끼는 오월은 계절의 여왕이란 칭호가 결코 과분한 옷을 입은 게 아님을 절절히 공감하게 한다. 정녕 열두 달의 시간 중에 오월만큼 도도하고 화려한 자존감으로 빛나는 달이 또 있을까! 시골에서 맞이하는 오월을 한마디로 표현하자면 한껏 성숙미가 풍기는 매력 절정의 아가씨와 같다는 게 적절할 듯싶다. 아가씨들이 꽃이라면 매력을 돋보이게 하는 들러리는 단연 연두에서 초록으로 짙어가는 푸른 것들이다.

　엄혹했던 겨울의 대지 위에서는 도무지 상상할 수도 없었던 푸른 것들이 지천을 덮은 풍경은 마치 지난겨울의 그곳과는 전혀 별개의 세상이 펼쳐진 듯하다. 즙을 짜면 정제된 순수가 스미어 나올 그것만 같은 연두색 잎의 시간은 점점 열정적으로 뜨거워지는 햇볕에 엽록소를 축적하며 검푸르러 진다. 산빛이 연두에서 초록으로 변해갈 즈음은, 때로 속을 알 수 없는 이의 음흉한 마음처럼 건들거리는 듯 보이기도 하고 때로는 서늘함이 묻어 나오기도 한다. 이 초록을 배경으로 피어나는 오월의 꽃은 그래서 더 아름답다. 초록이 깔아 놓은 마당에서 형형색색의 꽃들이 춤추듯 축제를 즐기고 떠나간다. 초록이 배경이 되어주기 전에 피어난 꽃들은 황 무한 계절의 여운 속에 피어나 친숙함보다는 소중하고 고결한 이미지로 다가오지만, 초록과 어울린 꽃들은 순박한 이웃들처럼 부담스럽지 않게 마음 가까이 와닿는다.

딸아이를 학원에서 태우고 돌아오는 길에 환기할 겸 차창을 열었더니 별빛이 내린 까만 무논에서 그동안의 소회를 토해내느라 와글와글 개구리 소리가 들렸다. 올해 처음 듣는 개구리들의 안부를 들을 겸 잠시 차를 멈추고 시동을 끈 채 서 있는데 아이가 갑자기 하이톤의 소리로 "아빠! 아카시아 꽃향기가 나요."라고 소리친다. 정말로 밤공기에 실린 아카시아 꽃향기가 드문드문 코에 걸렸다. 우리는 마치 폐부에 담아 갈 것처럼 깊은 호흡으로 꽃향기를 더듬으며 킁킁거렸고 집으로 오는 내내 창문을 열고 느릿하게 달리는 차 속으로 가끔 흘러가는 아카시아 꽃향기를 흠모했다. 아카시아의 꽃은 오월을 달콤하게 채우는 가장 큰 향수병이다. 이파리들이 꽃의 아름다움을 갈채하듯 바람에 뒤채일 때 꽃은 은은한 향기를 뿌려 화답한다. 낮이면 앵앵거리며 꿀을 모으는 벌들이 꽃을 간지럽게 매만지며 한낮을 서성인다. 마을에서 읍내로 넘어가는 고갯길에 키 큰 아카시아가 몇몇 무리 지어 서 있어서 이맘때 그 아래를 지나는 일은 무척 행복하다. 이 꽃들이 퍼져 있는 동안에 아내와 함께 느릿한 걸음으로 언덕을 오르며 아카시아 꽃향기에 취해보자 했지만, 퇴근 후에 집 뜰을 매만지느라 시간 내기가 여의찮은 데다 설상가상 아내의 허리 통증이 심해져 차일피일 미루는 사이에, 그만 요란한 봄비가 내리며 꽃들은 후두두 떨어지고 지금은 몇 송이만 남아 누렇게 빛바랜 기억으로 절정을 추억하고 있을 뿐이다.

아카시아꽃보다는 작지만, 찔레꽃의 소담함도 빼놓을 수 없는 풍경이다. 봄에 가장 먼저 참새 혓바닥 같은 잎들을 쏟아내지만, 꽃은 아카시아와 때맞춰 핀다. 찔레나무 덤불은 마치 인위적으로 촘촘히 엮어 놓은 것처럼 조밀한데다 보석을 박아 놓은 듯 하얀 꽃이 피어 한 그루가 마치 커다란 꽃다발 같다. 이맘때 들길을 걷다가 우연히 꽃향기를 맡을 수 있다면 아카시아 아니면 찔레꽃이다. 다만 찔레꽃은 아카시아 꽃향기보다 밍밍하게 달콤한 향기를 가지고 있어 아카시아보다는 더 가까이 다가서야 품은 향기를 내어준다.

아카시아와 찔레가 시골 처녀 같은 수수한 매력을 가졌다면 화려함을 뽐내는 꽃은 단연 빨간 장미와 양귀비꽃일 것이다. 마을 곳곳에 나무 담장 너머로 누군가를 기다리듯 목을 길게 빼고 서 있는 장미는 시골의 오월을 빛나게 하는 꽃 중의 하나이다. 노랑이나 분홍 장미도 있지만 어쩐지 빨간 장미가 눈에 끌린다. 빨간 장미에선 가끔 뇌쇄적인 느낌을 받곤 하는데 도회적 세련미가 아니라 흡사 어린 시절 유난히 빨갛게 보이던 다방 언니의 돋보이던 입술 같은 색감이다. 그 촌스러운 빨강이 왜 뇌쇄적 매력으로 느껴지는지는 나도 불가해하다. 우리 동네에서 가끔 볼 수 있지만, 특히 우리 집 뒤뜰에 화려한 군락을 이루는 것이 양귀비꽃이다. 두어 해 전에 아버지가 구해 처음 심으신 후로 가을에 그 씨방에서 튕겨 나온 씨들을 통해 지난봄부터는 뒤란이 화려하게 치장되기 시작했다. 양귀비꽃의 화려함을 가까이서 관찰하다 보면, 당 현종이 그토록 사랑했다던 경국지색의 후궁인 양귀비의 아름다움이 얼마나 왕의 마음을 졸이게 했을지를 능히 가늠할 수 있을 듯도 하다. 흡인하듯 설렘을 주는 넓은 꽃잎은 아름다운 여인의 휘날리는 치맛자락처럼 울렁거리며 마음을 흔든다.

오월의 산천에서도 눈에 담아 두고 싶은 풍경들은 있다.

모내기를 위해 물을 가두어 놓은 넓은 논에서 피어오르는 새벽안개는 간혹 잔잔히 누워있는 바다 같다는 착각을 일으키게 한다. 뭉실 안개가 피어오르는 때도 좋지만, 봄바람이 들판을 흔들고 지나가는 오후 햇살에 비늘처럼 자잘하게 반짝이는 물결도 장관이다. 그러나 무엇보다 붉은 노을이 들판을 평화롭게 물들이는 저녁 무렵, 농기구를 어깨에 얹은 농부가 노을을 안고 걸어서 집으로 가는 느릿한 풍경은 오래 가슴에 잔영으로 남는다. 아마도 노을처럼, 삶의 경건함이 절절하게 전염되어 오기 때문일 것이다.

산골의 오월은 가슴에 담아 두고 싶은 풍경이 많은 달이다.

옛 음식에서는 눈물 맛이 난다

올해는 뜰을 만지느라 시기를 일실하여 농사가 영 변변찮다. 두어 해 전까지만 해도 아버지가 개간해 놓은 언덕 밭에 채소를 심어 어지간한 것들은 자급자족하고 김장도 모두 그 밭에서 거둔 소출로 담그곤 했는데 언덕이 헐리고 나니 경작 할 수 있는 면적도 많이 줄어들었고 그나마 시간도 여의찮아 그저 흉내를 내는 정도로만 작물을 심었다.

뜰 안쪽으로는 담장을 따라 고추를 70여 포기 심었고 수박, 참외, 가지를 서너 포기씩 심어 풍성함보다 다양한 구색으로 제철에 맞는 것들을 맛볼 수 있게 했다. 담장 밖 남의 땅은 근 십여 평 정도만 일구어 땅콩과 고구마를 심었다. 담장에 기대어 올라올 수 있도록 여주를 몇 포기 올렸고 옥수수와 토마토도 담장을 따라 눈으로 헤아릴 만큼만 줄을 세웠다. 언덕 위 밭을 가꿀 때만 해도 아흔을 훌쩍 넘어선 아버지는 적잖은 토지를 혼자 일구어 밭고랑을 만들고 두둑에 비닐을 덮곤 하셨는데 올해는 조금만 움직여도 숨이 차 마음만 앞설 뿐 농사일이 힘에 부쳐 도무지 못 하겠다고 지레 손사래를 치신다.

아버지의 쇠락해가는 육신도 염려거니와 수십 년 함께 마주 보던 땅이 마치 어느 순간 밀어내기라도 하듯 서운한 눈빛이어서 사위어가는 삶의 열정이 못내 안타까웠다. 아내마저 허리가 아픈지라 결국은 혼자서 밭을 갈고 퇴비를 뿌린 후 도둑을 만들어 올리고 비닐을 깔고 내친김에 고구마와 땅콩 모종까지 심었다.

적은 면적이라도 하루에 몰아서 하려니 노동의 강도가 만만치 않다. 농사란 게 오랜 시간 일정한 근육들을 사용하여야 하는 반복 작업이 많고 구부정해 허리를 굽혀 땅을 마주 보거나 쪼그려 앉은 채로 일을 하게 되니 어쩌다 허리를 펴고 일어나는 행동이 마치 직립보행을 처음 해 보는 포유동물처럼 낯선 고통이 따랐다. 그러고 보면 시쳇말로 할 것 없으면 농사나 짓는다는 말은 농사를 몰라도 너무 모르는 사람들의 말이다.

등으로 내리꽂히는 태양 아래 엎드려 땅이 토해내는 열기로 얼굴이 화끈거림을 참아가며 밭 두둑을 만들다가 문득 모두가 넉넉하지 못했던 유년 시절, 땅뙈기가 아니면 자식들 입에 들어갈 밥을 벌기도, 학교 뒷바라지할 다른 방도가 없었던 막막했을 부모님 세대의 절박한 마음이 느껴졌다. 푸른 산들이 사방으로 병풍처럼 종종 늘어선 벽촌에서 살았으니 농토라야 얼마 되지도 않았고 그나마 돌자갈 무성한 산비탈을 개간한 밭들도 부지기수여서 삶의 형편 못지않게 지력 또한 팍팍했음이 자명하다. 그렇듯 잉여 소득에 대한 기대마저도 제한적인 농토에서 길러내고 소망하는 것이 오직 밥뿐이었다면, 해마다 놀랍도록 정확하게 반복되는 삶의 굴레를 견디며 살아가는 일은 또 얼마나 갑갑했을지 생각만으로도 울렁증이 날 것 같다. 그래서 마을 젊은 이들은 대처로 나가서 새로운 환경에서 새로운 희망을 찾고자 했을 것이며 부모님들은 이를 악물고 근검절약하여 자식들을 교육하는 데 진력했을 것이다. 겨우 한나절 손바닥만 한 밭을 일구다가, 나는 어렴풋이 그 시절을 견디어 낸 부모님들이 마치 로또 복권처럼 가슴에 품었을 삶과 존재 이유를 감히 헤아려보게 되었다. 이른 새벽부터 해 질 녘까지 종일 밭에 엎드려 고단한 노동의 시간을 견디게 해 준 것은 모르긴 해도 자라나는 자식들에 대한 희망뿐이었을 것이다. 감자 알맹이같이 올망졸망한 것들이 자라 어엿한 청년이 되고 혹은 대학생이 되고 번듯한 직장을 얻고 당신과는 다른 차원의 삶을 풍요롭게 누리는 것! 그런 희망적인 상상만이, 따갑게 내리쬐는 태양의 열기도, 활처럼 휘어진 허리를 펴는 통증도, 눈으로 흘러들어 따가운 눈물을 흘리게 하는 생애의 짜디짠 땀방울도 모두 지나는 바람처럼 여길 수 있게 했던 유일한 진통제였을 것이다.

요즘은 가끔 유년에 지겹도록 먹었던 것들에 대한 추억으로 향수의 맛을 찾게 된다. 시래기 된장국이 그랬고, 밥 위에 쪄 먹었던 호박잎이 그랬고, 감자버무리가 그랬다. 아내와 나는 같은 경상도 출신이었지만 거리의 차이가 있었던 만큼 음식문화에도 차이가 있었던 것인지 아내는 감자버무리를 몰랐다. 감자를 아이들 손가락만 한 굵기의 길이로 자르거나 채 썰어 밀가루나 쌀가루에 묻혀 쪄내는 것인데 찔 때 설탕을 조금 뿌려 담백하게 먹는다. 삶거나 구워 먹는 감자의 맛과는 다르게 버무리는 밀가루와 단맛이 어울려 더 찰지고 달다. 아내는 내 설명을 듣고 한 접시 만들어냈는데 맛은 거의 유년에 먹었던 것과 유사했다. 아내가 만들어 낸 옛날 음식들을 입에 처음 넣을 때 나는 때때로 시금하게 눈물겹다. 그것이 오랜 지기와의 뜻밖의 해후 같은 반가움 때문인지, 가슴 밑바닥에 침윤되어 있던 내 삶의 뿌리를 마주하는 것 같은 경외감 때문인지, 나이를 먹어가며 그 음식 속에서 고단한 삶을 살아온 부모님들의 체취와도 같은 맛을 찾아내기 때문인지 나는 정확히 알지 못한다. 다만 지금은 한 알의 감자를 입에 넣을 때도 그 속에 녹아 있을 인생의 수고로움을 생각하게 되었다는 것이고 사소한 일에도 미리 겪었을 부모님들의 마음이 느껴진다는 것이다. 그만큼 내 연륜도 조금씩 삶을 알아 갈 만큼 익어가고 있다는 말일 것이다.

대서를 지나며

마침내, 유엔은 지구 온난화 시대는 끝이 났고 이젠 지구 열대화 시대가 도래했다는 깊은 우려의 선언을 했다.

평소에는 한낮에나 골짜기를 온통 삶아내듯 지독하게 들끓던 열기가 지난밤에는 밤잠마저도 탈취할 기세로 늦은 밤까지 열어놓은 창문을 슬금슬금 넘어왔다. 근 백여 년 만에 닥친 모진 열대야라고 부산을 떠는 언론이 아니어도 산골의 밤까지 찾아와 날치는 것만으로도 열대야의 위력을 짐작할 만하다. 한낮의 열기는 어쩔 수 없어도 밤이면 어김없이 서늘한 바람이 솔솔 창을 넘어와, 열대야에 잠을 설친다는 말은 콘크리트 건물이 경쟁하듯 다닥다닥 들어선 대도시 이야기만 같았는데, 늦은 밤까지 열기가 식지 않아 연신 찬물을 끼얹다가는 유례없는 열대야임을 비로소 실감하게 되었다.

시골에 들어온 후로는 산이 가까워서인지 에어컨을 가동하지 않고도 여름 나기가 어렵지 않았다. 그러나 지난밤의 고약한 열기는, 선풍기 한 대면 약한 더위들은 모기 달아나듯 해서 그저 거실 한편 장승처럼 우두커니 지켜서 있기만 했던 에어컨의 위력을 보고 나서야 슬그머니 연기 사라지듯 꼬리를 감추었다. 그러고 보니 절기상 대서(大暑)를 지나고 있다.

소서와 입추 사이에 있으니 더위의 정점은 분명한데 더위의 감도와 가뭄이 심상치 않다. 한낮의 태양은 가히 맞서기 어려운 위력으로 군림하고 있어 농부들은 땡볕 아래 논밭에 나가는 것보다 새벽이나 이른 아침의 서늘함을 틈타 참새처럼 짧은 노동을 하고 해가 뜨면 낮은 지붕 아래로 틈입한다.

이즈음의 들녘은 한껏 짙어진 초록으로 만연하다. 논에 벼들은 대가 단단해지며 머잖아 휘어지도록 열리게 될 쌀의 무게를 감당할 준비를 한다. 감자를 심었던 밭은 포슬포슬 분이 터지는 감자 알맹이들을 모두 토해내고는 해산한 산모처럼 나른한 휴지기에 들어갔다. 김장배추나 무를 심을 때까지는 쉬면서 지력을 회복할 것이다.

들이나 풀숲에서 들리는 풀벌레 소리가 높아지는 때도 대서 무렵이다. 대서와 입추 사이에 들리는 풀벌레 소리는 약간의 차이를 가지고 있다. 입추 이전의 풀벌레 소리는 마치 드라마의 배경음악과 같다. 풍경에 몰입되어 있으면 존재감을 느낄 수 없지만 유희하듯 초록을 타고 흐르며 여름의 풍경을 더욱 짙게 만드는 바탕색의 역할을 한다. 그러나 입추를 지나면서 풀벌레 소리는 마치 오페라의 아리아처럼 도드라지며 존재감을 높이 세우고 소리는 더욱 청명 해져 소프라노 가수가 열창하듯 귓속을 가득 메운다. 그때는 부지런히 광합성을 하며 엽록소를 만들던 식물들의 생명 활동이 잦아들며 한 계절의 결실을 준비하는 때이다.

풀벌레 소리는 마치 이제는 결실을 준비해야 할 때임을 알리는 나팔수 같아서 들과 풀숲은 조금씩 숙연해지는 것이다. 이때는 왕성히 뻗어가던 고구마 줄기들도 야위어지며 수분과 양분을 땅 아래 구근에 양보한다. 그렇듯 여름의 정점에 언뜻언뜻 가을의 얼굴을 미리 본다는 것은 시골의 환경변화에 익숙한 사람이 아니면 분별하기 어렵다.

더위에 습도까지 더해진 여름날은 우리 몸이 가장 힘겨운 날이다. 열린 모공으로 분출된 땀에 속옷이 질척하게 달라붙는 느낌은 차라리 상의 탈의를 하고 사는 남태평양 폴리네시안들의 생활문화를 동경하게 한다. 그럴 때는 가끔 꺼내 입는 까슬까슬한 모시옷의 불편함도 즐거울 수밖에 없다. 그러나 어쩌다 모시옷을 입고 나설 때면 사람들의 이목이 쏠린다. 보편적인 현대 복식이 아니니 신기하게 보일 터이고 노인들이나 입을 성싶은 옷을 젊은 사람이 입고 다닌다는 데 대한 뻐딱한 편견의 눈들도 읽힌다.

어머니는 내가 총각으로 공직 생활을 할 때 지금 입는 모시옷을 장만해 주셨다. 동네에서 바느질 솜씨가 좋기로 이름난 한복집(동네 사람들은 그 집을 아폴로 집이라 불렀는데 그 이유는 알지 못한다)에서 적잖은 대가를 지급하셨는데, 어머니는 아버지와 내가 빳빳이 줄 세운 모시옷을 입고 나란히 교회 가는 모습을 무척 흐뭇해서 하셨다.

모시옷은 특성상 요즘 옷처럼 대량생산이 쉽지 않을뿐더러 풀 먹임을 하고 다리미로 섬세히 다려 입혀야 하니 만지는 사람의 정성도 적잖이 들어가야 입을 수 있다. 어머니 생전에는 손수 만져 주셨고 내가 결혼한 후에는 아내가 어머니께 전수 받아 손질해 준다. 요즘같이 맞벌이로 시간이 팍팍한 젊은 세대들에게는 전통 복식이라는 것에 대한 거리감보다 손질에 대한 어려움이 모시옷을 입을 엄두를 내기 어려운 이유가 될 것이다. 다행히 아내는 어머니처럼 기꺼이 모시옷을 만지는 수고를 감수하고 정성껏 손질해 주는 덕분에 여름 나절의 며칠은 모시옷을 입는 호사를 누린다. 그러나 조금만 바람이 불어도 널찍한 씨줄과 날줄 사이로 서늘함이 느껴지고 몸에 달라붙지 않는다는 것을 제외하면 사실 모시옷은 불편하기 이를 데 없는 옷이다. 우선은 까슬까슬한 촉감 때문에 몸과의 일체감이 없고 몸은 몸대로 옷은 옷대로 따로 노는 느낌이다. 그러므로 활동력이 있는 일을 할 때는 적당치 않다. 자연히 모시옷을 입을 때의 몸가짐은 조심스러워진다. 글줄이나 읽는 한가로운 선비들이나 입었을 듯싶은, 실용성보다는 기능성과 맵시에 중점을 둔 옷인 셈이다. 그리고 저고리와 함께 입는 바지는 긴 끈을 허리춤에 질끈 동여매는 것이라 화장실을 다녀와야 할 때는 추스르기 쉽지 않다. 자칫 주르르 흘러내리면 남세스러운 경우도 생길 수 있기 때문이다. 또한, 음식을 먹을 때도 붉은 간이 튈세라 무척 신경을 써야 한다. 흰 모시에 밴 붉은 간은 금방 표시가 나므로 아주 조심하지 않으면 옷으로 폴짝 튀어 오른 간 때문에 집에 돌아갈 때까지 찜찜한 기분에 젖어 든다. 이러한 불편함을 감수하면서까지 모시옷의 시원함을 즐기기에는 요즘 세상이 너무나 바쁘게 돌아간다.

풀 먹인 모시옷은 면이나 폴리에스터처럼 휙휙 다림질을 할 수 있는 소재가 아니니 천천히 정성 들여 다림질할 만한 마음의 여유를 가진 이들이 많지도 않을 것이며, 몸에 착 감기는 기능성 옷을 입고 뛸 준비를 해야 할 요즘의 세대들에게는 모시옷 사이로 들어오는 바람보다 냉감 소재의 폴리에스터 옷이 훨씬 유용할 것이다. 그러나 모시옷은 입는 사람이 늘 그 옷에 깃든 많은 이들의 수고로움을 안다.

모시풀을 가꾸고 거두어들인 이의 땀과 씨줄 날줄로 엮여 삼베옷 보다 촘촘히 짜낸 사람의 인내와 한 땀 한 땀 정교한 바느질로 옷을 만들어 낸 사람과 풀 먹여 정성스럽게 장만 한 이의 시간이 만들어 낸 아주 느리고도 수고로운 옷이라는 것을…. 이 또한 옛날 선조들이 입을 때처럼 옷과 피부가 닿지 않도록 속옷처럼 입었던 등등거리나 등토시를 하지 않아 얼마간의 개량을 거치기는 하였으나 그나마 여름 거리에서 좀처럼 보기 힘들어지는 것을 보면서 나는 마치 오랜 전통의 끝자락을 잡고 사는 사람처럼 유지하고 전승해야 할 명분 없는 책임감에 쌓인다. 어쩌면 내가 모시옷의 가치와 멋을 사모하는 마지막 세대일지도 모를 일이며 실용과 속도에 밀려 민화 속 도포 자락처럼 홀연히 사라져 그림이나 역사 드라마 속에서나 자취를 남길지도 모르기 때문이다.

주말이면 선풍기 바람을 등지고 뜨거운 다림질에 정성을 쏟을 아내의 손이 아름다워 보일 것 같은 날이다.

소나기

사무실 넓은 창 너머로 갑자기 소나기가 쏟아진다. 자잘한 석분을 깔아놓은 땅바닥 위로 떨어지는 빗소리는 석분의 입자만큼 잘게 부서지며 소멸의 소리를 낸다. 잠시 일을 멈추고 떨어지는 빗방울에 아래위로 흔들리는 풀잎과 나무 이파리들과, 피할 곳을 찾아 낮게 날갯짓하며 가로지르는 새를 본다.

옆집 김 씨네 어린 대추나무 이파리들이 떨어지는 빗방울에 나풀거리듯 좌우로 흔들리는 모습은 마치 여름 분수 속을 웃으며 뛰어다니는 어린아이들의 익살스러운 얼굴 표정 같이 장난스럽다. 아마도 장마의 끝자락인가 보다. 6월 말부터 시작되는 장마는 거대한 장마전선과 함께 찾아와 한 달여간 한반도 상공에 머무르며 비를 뿌리다가 7월 말이면 물러간다. 그 기간 동안 연평균 강수량의 절반가량이 비로 쏟아지므로 종종 물난리를 겪기도 하는데 어떤 해는 마른장마라고 해서 찔끔 흉내만 내고 소멸하는 경우도 있다. 물난리를 동반하는 홍수도 문제지만 마른장마도 생태계에 적잖은 악영향을 끼친다. 과유불급(過猶不及)이라지만, 시골에 살다 보니 올해처럼 적당한 장마가 아니라면 그래도 마른장마보다는 비가 많은 편이 낫다는 생각이 든다. 가뭄이 든 들녘을 보는 심경은 농부가 아니어도 애처롭기 그지없기 때문이다.

내셔널지오그래픽 다큐멘터리를 보면 초원의 긴 건기는 풀뿐만이 아니라 먹이사슬의 상위에 있는 포식자들까지 굶주림에 허덕이다 죽어가게 하므로 가뭄이 정말 무섭고도 끔찍한 자연재앙임을 알게 해 준다. 그 정도는 아니라 하더라도 가뭄에 시들시들 말라가는 농작물을 보노라면 마음이 먼저 쩍쩍 갈라지는 논바닥처럼 푸석푸석해진다. 반면에 비가 내린 후의 대지는 풍요롭다. 한 뼘 빈틈없이 빼곡하게 날아들었던 풀씨들이 싹을 틔우고 자라나 대지는 성성한 초록으로 짙어져 간다. 나는 때때로 그런 풍성한 풀씨들을 숨겨두고도 푸석푸석한 빈 땅으로 봄을 지낸 대지가 능청스럽다고 생각한다. 이즈음이 밭에 돋아나는 풀들과 농부가 끊임없는 전쟁을 해야 하는 시기다. 뽑고 잘라 내어도 질기게 자라나는 풀들 때문에 언덕 너머 사는 하 씨 어르신은 아예 논둑 풀을 예초기로 자른 뒤에 제초제를 뿌리고 말았다. 연세가 들어 예초기로 풀을 잘라 내는 것도 힘에 부치니 아예 수고를 덜겠다는 계산이 들어있는 것이다. 제초제가 뿌려진 어르신의 논두렁은 염색을 한 젊은이의 짧은 머리처럼 노랗게 물들었다.

세찬 소나기를 물끄러미 내다보고 있으려니 빗속으로 아득하게 사유의 숲이 열리고, 아련한 숲길을 따라 까까머리 고등학생 시절이 보인다. 활짝 열린 교실 창 너머로 후드득 달려오던 소나기와 빗물에 젖은 운동장에서 나던 흙 비린내와 트윈폴리오가 번안하여 '더욱 사랑해요'라는 곡으로 불렀던 노래를 화음을 넣어가며 수십 번 반복해서 함께 불렀던 친구 생각이 먼저 난다. 어릴 때부터 교회를 함께 다니며 성장기를 같이 겪어왔던 그 영민하고 사려 깊었던 친구는 마흔의 고개를 넘지 못하고 아름다운 신부만 남겨둔 채 신혼에 옥절하는 슬픈 추억을 남겼다. 그리고 5월 봄비가 내리던 날 그의 육신은 공원묘지에, 함께 했던 추억들은 사랑하는 이들의 가슴에 묻혔다. 그 이후로도 아주 오랫동안 해마다 5월이 오면 가슴에 묻혀있던 친구에 대한 기억들은 문득문득 아릿한 기억으로 회생하곤 했는데, 소나기가 내리면 그 친구에 대한 기억과 함께 황순원 선생의 <소나기>와 알퐁스 도데의 <별>이라는 단편소설이 마치 연관성을 가진 일련의 스토리처럼 차례로 떠오른다. 황순원 선생의 소나기나 알퐁스 도데의 별이라는 작품은 동서양의 문화적 차이를 제외하면 정서적으로 기반을 같이하는 순수 소설의 소재들이니 함께 연상되는 것이 별스러운 것도 없지만 그 친구에 대한 기억까지 늘 같이 떠오르는 이유를 나는 알지 못한다. 어쩌면 윤 초시네 증손녀처럼 일찍 세상을 등진데 대한 안타까움일지도 모르고, 이성에 관한 관심이 눈뜨기 시작했던 까까머리 시절 정서적으로 함께 공유했던 순수한 사랑에 대한 기대와 설렘이 뇌리에 깊이 내재하였다가 기억의 꼬리를 물고 문득 조각달처럼 떠오르는지도 모를 일이다. 그랬다. 우리는 햇볕에 그을린 시골 아이들이었고 꿈으로 가슴이 부풀던 시절, 소설처럼 막연히 도시에서 온 하얀 피부의 여린 소녀나 산 아랫마을 아름다운 스타

파네트 아가씨를 기대하고 있었는지도 모른다.

그때, 사랑이 모든 세상을 움직인다고 믿었던 절대가치는 이젠 산타클로스의 존재처럼 모두가 아는 비밀 같은 것이 되어 사랑을 잃는 사람들에게만 유효한 제한적 진리가 되었다. 사랑하는 이를 가슴에 품고 무시로 얼굴을 떠올리며 내가 아닌 누군가의 힘이 나를 살아가게 하고 내 존재의 가치를 타인을 통해 알게 하던 그런 사랑의 체감은 이젠 아득해졌다.

어느 때부터인가 소나기를 기대하지 않게 되면서, 그 친구에 대한 아릿한 슬픔의 기억이 바래가면서, 설레는 사랑의 감정이 멀어지면서, 현실이라는 냉랭하고도 무미건조한 삶의 기류에 익숙하게 적응하고 있는 낯선 나를 보았다.

나이를 먹어간다는 것은, 한때 가슴을 온통 채웠던 그리움과 사랑과 우정 같은 것들이 그저 소나기처럼 후두두 한바탕 청춘의 가슴을 흔들고 지나간 한때의 추억이었음을 알아가는 서글픈 깨달음의 과정이다.

100일간의 사랑

백일홍 나무에 꽃이 저문다.

바람도 없는 초가을의 뜨락에 표표히 떨어지는 꽃잎은 처연하다. 가슴으로 휑한 바람이 훑어내듯 지나가는 때도 백일홍꽃 이지는 때이다. 머잖아 산과 들판과 심지어 길섶까지 검푸른 초록으로 지쳐있던 계절은, 순환의 섭리를 따라 수의처럼 갈색 옷으로 갈아입고 후년의 생애를 준비할 것이다.

이른 봄날, 지인으로부터 내 키만큼 자란 백일홍 나무를 얻어 아들 방 창가에 심었다.

다른 나무와 꽃들이 잎을 내고 활짝 피어나는 늦은 봄까지도 백일홍 나무는 매양 매끈한 몸매로 하늘거리고만 서 있었다. 혹, 차가운 날씨에 옮겨 심은 탓에 새로운 토양 환경에 활착하지 못하고 그대로 메말라 생의 마침표를 찍은 것은 아닌지, 날마다 마른 가지 끝을 매만지며 앞을 서성였다. 산수유와 매화와 벚꽃과 분홍 진달래가 겨우내 살얼음처럼 차갑게 투명해져 있던 사람들의 마음을 설렘으로 흔들어 놓고 간 다음에야, 주검 같은 가지에 잎이 돋기 시작하더니 반짝반짝 윤이 나던 잎은 이

내 아기의 손처럼 사랑스럽게 활짝 잎을 펼쳐 보였다. 손자를 처음 보는 할아버지처럼 출퇴근길에 백일홍 나무 앞에 서서 연두색 어린것들을 신기한 듯 만져보고 요리조리 살펴도 보았다. 50여 년의 세월 동안 수없이 잎이 피고 지는 것을 보아왔을 터인데 어린잎이 이토록 사랑스러운 것은 새삼스러운 감정이었다.

화무십일홍(花無十日紅)이라 했던가! 싱싱한 아름다움이 열흘을 가는 꽃이 없다고 했다. 저마다 수려함을 뽐내던 봄꽃들이 여름 태양에 숙지고 가지마다 무성한 잎들을 쏟아내는 뜨거운 7월에야 백일홍꽃이 손님처럼 찾아온다. 백일홍은 대적이 없는 여름의 관문 뚫고 당당히 입성한다. 그 어느 꽃도 눈에 들어오지 않는 여름 나절을 오롯이 백일홍 사랑이 지천을 덮는다. 꽃에 대한 식견이 어두운 나는 불과 몇 해 전에야 백일홍꽃과 백일홍 나무가 따로 있음을 알았다. 백일홍꽃은 국화과에 속하는 한해살이 꽃이다. 빳빳한 줄기로 곧추서서 6월에서 10월까지 뜨거운 계절의 태양을 온몸으로 받아낸다. 보통은 몇 겹의 꽃잎으로 피어서 마치 부드러운 색지로 정교히 접어놓은 듯하다. 흰색, 노란색, 분홍색 등 파스텔 색조의 꽃잎이 서로 어울려 군락으로 피어있을 때 더욱 아름답다.

나는 그보다 백일홍 나무에 피는 꽃을 더 사랑한다. 백일홍꽃과 구분하는 개념으로 목백일홍(木百日紅)으로 분류하기도 한다. 수령을 먹은 나무는 얇은 껍질을 형성하고 날렵한 색시의 몸매처럼 매끄럽다. 본래 백일홍은 자색이었다. 중국 이름은 당

나라 장안의 자미성에서 많이 심었기 때문에 '자미화(紫微花)'라고 했다. 글자로는 보라색 꽃이지만 붉은 꽃도 흔하고 흰 꽃도 가끔 만날 수 있다. 백일홍 나무는 흔히 배롱나무라고도 하며 지금은 정원수로도 많이 심는 수종이다.

모든 꽃이 한꺼번에 피어 백일을 견디는 것이 아니라 아래에서 위로 차례로 피고 지며 백일을 견딘다. 백일홍 나무의 꽃은 나태주 시인의 [풀꽃]이라는 시의 표현처럼, 멀리서 보아야 더 아름답다. 가까이서 관찰하는 꽃은 지난하여 질서 없이 무작위 배열이 된 것처럼 보이므로 멀리 서서 정돈되지 못한 것들의 조화로움을 즐기는 것이 훨씬 이롭다. 사람과 사람과의 관계도 그러하다. 매일 일상에서 마주해야 하는 가족과 같은 사람들의 진가는 자칫 객관화되기 어려워 본질의 가치가 굴절되기 십상이다. 몇 걸음 물러서서 가만히 바라보면 모두가 소중하고 애틋하다. 다만, 조용히 물러서서 바라볼 만한 기회를 얻기 쉽지 않아 전쟁 같은 삶으로 오인하며 날을 세우다가 결국은 서로 모진 상처를 내고 마는 것이다.

백일홍꽃이 피기 시작할 때 공연한 설렘을 갖게 되는 까닭과 백일홍꽃이 가을 뜨락으로 분홍 플레어스커트처럼 흔들리며 떨어질 때 가슴이 절절한 이유는, 아마도 꽃에 대한 감성이 내게는 '인연'이라는 개별적인 소회로 치환되기 때문일 것이다. 나는 백일홍을 보며 영혼을 쏟아붓듯 절절했던 젊은 날의 사랑을 회상한다. 그러나 그 사랑도 백일홍과 같이 지척의 거리를 두고 마음만 무수히 깊어졌을 뿐 손을 잡고 걷는 것조차도 이루지 못한 동화 속 연인들의 사랑 같았다. 그렇게 신기루처럼 남겨진 사랑의 기억은 오히려 백일홍과 같이 애련하다. 닿을 수 없고 소유할 수 없었던 것에 대한 애착과 미련은 수십 년의 세월을 건너서도 문득문득 오랜 기억의 껍데기를 깨고 환생한다. 어쩌면 그것은 가지지 못한 것에 대한 절망보다는 지금은 희미해진 순수에 대한 내면적 동경일 것이다. 어떤 것도 스친 흔적이 없는 순백의 도화지 같은 순수의 시간이 지나온 생에 중에 또 얼마나 있었으랴!

그리고 100일이라는 시간이 가지는 한정 된 것의 애틋함이 그 꽃에는 투영되어 있다. 군 복무를 위해 휴학을 한 후, 작은 카페에서 그와의 마지막 만남이 그랬다. 기다려 달라거나 기다리겠다는 말은 차마 서로가 입 밖으로 꺼내지 못한 채, 아마도 '동행'이라는 노래를 나지막이 따라 부르며 우리는 다가올 격절의 두려움을 찻잔을 만지작거리는 것으로 희석하고 한정된 시간의 슬픔을 감추려 애써 어색한 웃음을 지었을 것이다. 그리고 마치, 내일 또다시 만날 사람들처럼 태연함을 가장한 채 손을 흔들며 조명이 찬란한 밤길을 헤어져 걸었다. 그때 그 화려한 도시의 조명들 위를 암흑처럼 덮어오던 막막함은, 한정된 시간의 소실되어 버린 것에 대한 적막한 슬픔이었고 끝내는 '가슴이 아프다'라는 것으로 정의된다는 것을 난생처음 경험한 날이었다. 그리고 행복했던 사랑이 아픔이 되기도 하는 불가해한 반전을 한동안 홍역처럼 앓았다. 그래서 백일홍이라는 명명은 슬프고 애잔하다.

내년에도 그 후년에도 백일홍은 여전히 찬연한 꽃을 피워 올릴 것이고, 나는 얼마간이나, 오래된 연서를 꺼내 보듯 지난 인연에 대한 추억으로 꽃을 바라보게 될 것이다. 그러나 무어 질투 꺼리나 되냐고 시큰둥한 아내에게는 그래도 영 달갑지만은 않은 꽃이 될 수도 있을 것이다.

봉숭아

　화단이 아니라 정원에 깔아놓은 회색 자갈 틈 사이로 뜬금없이 솟아난 봉숭아가 7월의 태양 아래 드디어 빨간 꽃을 피웠다. 아버지가 구해오신 봉숭아 씨앗을 뜰 한쪽에 심었더니 몇 해가 지나자 집 곳곳에 봉숭아가 불쑥불쑥 자라나 더러는 뽑고 몇 포기는 꽃을 보리라고 길렀다. 일부러 씨를 퍼트린 것도 아닌데 늦여름 씨방에서 터져 나온 씨앗들이 그 넓은 뜰 구석구석까지 어떻게 번져나갔는지도 신기하고 두껍게 깔아놓은 자갈 사이를 뚫고 씨앗이 자라 이렇게 튼실한 꽃대를 피워 올린 것도 대견하다.

　봉숭아는 사실 직관적인 꽃 모양새의 아름다움보다는 정서적인 아름다움이 있는 꽃이다. 그나마 일렬로 쭉 심거나 군락을 이루면 조화로움이 있어 보기가 낫지만, 낱 포기로 보면 뭉툭하게 올라간 줄기에다 지난하게 뻗은 잎사귀의 겨드랑이에 어색하게 매달려 피운 꽃은 가끔 생뚱맞아 보이기도 한다.

　집 주위에 꽃을 피우는 7월의 꽃들은 봉숭아와 담장 너머 황무지에 드문드문 서 있는 노란 달맞이꽃과 백일홍 정도이다. 봉

숭아는 봉선화라는 이름으로 명명되기도 하는데 모두 표준말이
지만 봉선화라는 이름은 봉숭아보다는 왠지 더 토속적인 정서
를 입은 이름 같다. 아마도 홍난파가 작곡한 우리나라 최초의
가곡인 봉선화 때문인지도 모른다.

　우리 가요 중에는 그야말로 시라고 할 만한 좋은 가사를 가진
곡들이 많은데 특히 정태춘, 박은옥 부부의 앨범에 수록된 곡들
은 시라고 해도 손색없는 아름다운 노랫말에 멜로디를 입힌 노
래 시가 많다. 봉숭아라는 이 곡은 박은옥이 가사를 쓰고 정태
춘이 작곡했으며 부부가 함께 불렀다. 나는 개인적으로 정태춘
의 곡을 좋아하고 많이 불렀다. 정태춘의 목소리만큼 짙은 황토
색의 질감을 가진 토속적인 목소리는 드물다. 목소리뿐 아니라
그의 음악은 한국적인 정서와 함께 시대정신과 저항정신을 담
기도 했다. 그러나 시인의 마을과 같은 곡은 마치 한 편의 아름
다운 수필과도 같거니와, 그 밖에도 남들이 그리지 못하는 철학
과 실존의 정서를 토속적 음률로 옷 입힌 곡들이 많아서 그의
노래를 부를 때는 나 또한 진지해지거나 때로는 비장해진다.
　봉숭아는 박은옥의 맑은 목소리가 곡 전체를 끌어가고 정태
춘의 잔잔한 화음은 메밀국수 위에 슬쩍 얹어진 고명처럼 절대
로 도드라지지 않으며 본질의 맛을 더 맛깔나게 해 주는 역할만
한다. 그뿐만 아니라 편곡은 오로지 박은옥의 목소리로 그려가
는 봉숭아 그림에 모든 것들이 은은한 배경들이 되도록 만들어
졌다. 우선은 도입부를 끌어가는 하모니카 소리와 클래식 기타
의 차분한 분산화음이 그렇다. 이 곡의 전체 흐름은 통기타의

철사 소리가 아닌 클래식 기타의 따뜻한 소리가 끌고 간다. 그 위를 타고 흐르는 하모니카 소리는 듣는 이의 마음을 어느새 아득한 추억의 시간으로 되돌려 놓기에 부족함이 없다.

노래를 부르는 박은옥의 목소리는 맑다. 그 맑음은 그냥 맑음이라고 표현하기에는 형언하기 어려운 깊이가 있다. 맑되 가볍지 않다고 하는 것이 그나마 그의 특별한 목소리의 질감에 대한 가장 비슷한 표현이 될 것이다. 요즘 유행하는 발라드 가수들의 목에서 나오는 가녀리고 맑은 목소리와는 다르게 속에서 울려 나오는 그 목소리의 맑음에는 삶에 대한 깊은 이해와 경건성 그리고 오래 정제된 감정들이 용해되어 있다.

모든 대중가요들이 시대의 정서를 담고 있지만 이런 곡들은 대중들의 기억 속 박물관 같은 곳에 소중하게 간직될 보물 같은 시대적 정서를 간직한 곡이다. 화려한 네일아트가 손톱 멋 내기의 대세가 된 세상에서 손끝마다 무명실 매어 주던 봉숭아 물들이기의 추억은 낡은 흑백사진처럼 이젠 흐릿해졌다. 봉숭아 물들인 손톱 색깔에는 공격성이 없고 순박한 시골 처녀의 미소처럼 단아함이 배어 나오는 반면에, 요즘 유행하는 네일아트는 그야말로 Art 해서 다양한 예술성을 담고 있긴 하지만, 때로 위협적인 생각이 들 만큼 무섭기도 하다. 간혹 길게 이어 붙인 손톱을 보고 있노라면 세수를 하다가 제 눈이라도 찌르지는 않을까 공연히 염려된다.

누이들이 많았던 내 유년의 음력 칠월에는 어김없이 봉숭아

물들이기 행사가 있었다.

칠월칠석에 손톱에 물들인 봉숭아가 첫눈 올 때까지 남아 있으면 첫사랑이 이루어진다는 은밀한 염원들을 모두 마음에 담은 채, 자근자근 빻은 봉숭아 꽃잎에 백반을 더하여 조심스레 손톱마다 올려주고 투명한 비닐을 덮은 다음 무명실로 묶어 주었다.

한 밤을 지나고 나서 풀어보면 손톱 위에 정성스럽게 올려두었던 봉숭아는 잠자는 동안 뭉그러져 손톱뿐 아니라 손가락 피부까지 붉게 물들여놓곤 했다. 누이들은 내게도 봉숭아 물을 들여주곤 했는데 주로 새끼손가락이나 약지까지만 해 주었다. 덕분에 정태춘 박은옥의 봉숭아라는 곡은 내 유년으로부터 사춘기 시절까지의 추억에 그 뿌리가 닿아 있다.

그리운 이를 마음에 품은 채 손톱에 봉숭아를 물들이고 그 사랑이 이루어지는 설렘을 안고 첫눈 올 때까지의 몇 달을 인내한다는 것이 이젠 전설 같은 일이 된 지금.

칠월의 뜰이 봉숭아꽃으로 붉어질 때면 서로 손가락에 무명실을 매어 주던 누이들의 다정했던 모습이 그리워진다.

초저녁 별빛은 초롱 해도 이 밤이 다하면 질 터인데
그리운 내 님은 어딜 가고 저 별이 지기를 기다리나
손톱 끝에 봉숭아 빨개도 몇 밤만 지나면 질 터인데
손가락마다 무명실 매어주던
곱디고운 내 님은 어딜 갔나
별 사이로 맑은 달 구름 걷혀 나타나듯

고운 내 님 웃는 얼굴 어둠 뚫고 나타나소

초롱 한 저 별빛이 지기 전에
구름 속 달님도 나오시고
손톱 끝에 봉숭아 지기 전에
그리운 내 님도 돌아오소
별 사이로 맑은 달 구름 걷혀 나타나듯
고운 내 님 웃는 얼굴
어둠 뚫고 나타나소.

— 「봉숭아」 박은옥 작사

동해의 쪽빛에 물들다

태양의 일사 각이 가장 크다고 느껴진 8월 초에 문득 짐을 챙겨 집을 나섰다. 이번 여름은 아내와 휴가 기간도 겹치지 않아 집을 좀 수리하고 조용히 책을 읽을 요량이었으나, 견인하듯 끌어당기는 힘에 의해 일단 집을 떠나 보기로 했다. 제일 먼저 떠오른 곳은 어머니의 산소가 있는 고향이었다. 지난해 당진부터 영덕 동해안을 잇는 고속도로가 개통된 후에도 삶의 분주함을 핑계로 어머니 산소를 가보지 못한 데 대한 송구함도 있었거니와 여태껏 부족한 모습 그대로의 나를 가장 사랑해 주셨던 분이 어머니라는 확신이 있었으므로 일말의 정서적 위안과 지지를 그리워했는지도 모를 일이다. 내비게이션의 안내는 받지 않기로 했다. 그냥 시간이 좀 걸리더라도 낯섦과 얼마간의 변수와 문득 조우하는 것도 여행에서는 나쁘지 않을 것 같았다. 고향인 경상도 북부로 향하는 길은 진하게 푸르른 소나무 산들이 든든한 키 큰 군인들처럼 도열하여 귀향하는 나를 맞이해 주어 눈이 시원해지는 것을 느낄 수 있다. 산의 거의 6, 7부 능선을 뚫어 도로와 터널을 만들었으므로 굽이굽이 산길을 돌지 않아도 되니 운전의 피로가 적고 쉬이 길을 갈 수 있다는 이점이 있기는 하였으나 어쩐지 산의 계곡 사이 옹기종기 모여 앉은 고만고만한 마을들을 지나며 세월을 이고 변해가는 모습을 보는 즐거움은 없어져 버렸다. 고속도로는 마치 종착점 도착만을 염두에 둔 과업 지향적인 도로 같은 느낌이어서 여행의 느낌은 반감된다. 긴 여로에서 사람들이 살아가는 풍경과 모습들을 눈에 담는 것 또한 적잖은 즐거움이 되기 때문이다.

쉰을 넘긴 나이에도 어머니를 마주하면 가슴이 먼저 움직인다. 울컥, 복잡했던 내면을 쏟아내고 싶은 마음이 든다. 어머니에게 짧은 애정을 고하고 다시 동해안으로 향한다. 전에는 족히 한 시간 반을 달려야 동해의 끝자락인 영덕 해변에 닿을 수 있었던 길을 40여 분을 달리고 나니 도달하게 된다. 내 차의 방향이 푸른 바다에 닿아 있는 국토의 가장자리에 있는 것을 확인하면서 꼬불꼬불한 해안도로를 거슬러 이 땅의 언저리를 더듬으며 올라간다. 이 물길을 따라 연어와 은어들이 자기가 태어났던 강을 향해 본능적 귀소의 몸부림으로 꼬리를 흔들면서 거슬러 올라갔을 것이다. 동해의 매력을 단적으로 표현하자면 청량감이다. 그 짙은 청색이 마음속에 스며들며 통쾌해진다. 미적지근한 모든 것들이 바다의 청색에 용해되어 가며 점점 더 쪽빛 채도(彩度)를 더해 가는지도 모를 일이다. 영덕에서 후포항까지 해안도로를 따라 오르는 길에는 몇몇 해수욕장과 고깃배들이 드나드는 항구나 해안가 가파른 언덕 위에 올라앉은 집들이 불규칙하게 배열되어 있고, 휴가의 정점을 즐기는 피서객들이 곳곳에 갈매기 무리의 둥치처럼 텐트를 치고 바다로 나갔다가 돌아오곤 한다. 나는 몇 번이나 높은 고갯길에 차를 멈추고 바로 아래 고샅길 같은 바위 사이를 탐닉하는 파도와 먼데 수평선까지 시선을 옮겨가며 바라보다 다시 움직이곤 했다. 이 여행의 일정을 위하여 낚시 도구를 챙겨 왔으니 어디쯤에서 낚싯대를 펼치고, 바다에서 내가 찾고 싶은 마음의 생각들을 건져 올릴지를 결정하여야 하고 적당한 숙박의 방법도 모색하여야 할 필요가 있었기 때문이다. 북단을 향해 오르다가 마침내 마음이 닿는 추억의 장소가 떠올랐다. 서둘러 경상도의 마루턱을 넘어 강원도 땅에 들어서니 LNG 기지가 보인다. 이곳은 행정구역상 강원도 삼척시 원덕읍 호산리이다. 삼척시의 남동부에 있어 있으며 경상도와 도계를 이룬다.

내가 대학을 졸업하던 무렵, 일찍 학교를 졸업한 여동생이 강사로 발을 디딘 이곳 작은 소읍에서 피아노 학원을 운영했다. 나는 가끔 이곳을 방문하곤 했는데 바다와 접한 강에서는 서늘한 바다에 몸을 씻은 말끔한 은어가 올라왔다. 호리호리한 낚싯대로 은어를 낚아 올렸던 추억도 있거니와, 후일에 보니 탁월한 심리묘사로 내가 좋아하는 윤대녕 작가의 [은어 낚시통신]이라는 소설의 배경이 이곳 강이기도 했다. 우선 차를 세우고 추억을 더듬어 이곳저곳을 돌아보기로 했다. 내가 제일 관심이 있던 바다에 접한 강둑으로 먼저 올라갔다. 여전히 은어가 올라온다는 강은 아주 좁아져 있었다. 강을 흐르는 수량도 적었거니와 풀들이 돌 사이로 밀도 있게 자라고 있어 강물은 쉬이 보이지 않았다. 동생의 친구이자 넉넉한 마음이 느껴지는 아가씨의 아버지가 운영했던 마을 입구의 여관은 리모델링 되어 여전히 낯선 이들의 하룻밤을 품고 있었다.

30여 년 전 기억 속에 담겨있던 건물들은 모두 새 옷을 입었다. 동생이 다니던 작은 교회도 달라져 있고, 바닷가로 나가는 길에 있었던 예쁜 학원생의 부모님이 운영하던 가게도 사라졌다. 이방인의 추억 더듬기가 끝날 무렵 낚시 가게에서 채비를 챙겨 호산 바다로 향했다. 옛적에는 작은 방파제와 사구(沙丘)가 동해로 우묵하게 열린 어촌이었던가? 기억들을 더듬으며 바다 어귀를 돌아서니 눈앞에 갑자기 거대한 기계시설이 시선을 가로막고 있었다. 아! 절망스러운 탄식이 절로 나왔다. 일순간에 추억을 단절하는 커다란 벽이 내 앞에 생긴 것 같다. 이곳 어디쯤에선가 모래사장에 얼굴을 묻은 목선을 보며 시를 써 내려갔던 생각이 나는데 신식 접안시설과 창고들이 생겼나 있었다. 바다 쪽으로 팔을 길게 뻗은 저 거대한 기계는 또 무엇인가? 그 추억의 단절 앞에서 한참 동안 절망하다가 접안시설 시멘트 위에 낚싯대를 펼쳤다. 나는 십여 마리의 작은 고기들을 건져 올리는 동안 30여 년의 간극을 옛 기억으로 메꾸어갔다. 희망이 앞서 있던 24살 청년의 시절에 한때를 나는 이곳에서 문학적 감성으로 추억을 쌓았을 것이고, 오늘 그 아득한 기억의 편린을 드문드문 엮어가며 작열하는 여름의 한나절을 보냈다.

바다가 어둑어둑해질 무렵에 낚시를 거두고 소읍으로 돌아왔다. 허기진 배를 채우고야 다음 행보를 결정해야 할 터였다. 사람이 적은 동네 음식점들은 8시를 넘기니 문들 닫거나 정리하는 곳이 많았다. 동네 입구에 [먹고 보자]라는 본능을 관통하는 간판이 걸린 국밥집으로 들어갔다. 가게에는 주인 내외와 친한 친구 내외가 식사 겸 반주를 즐기고 있었다. 선택의 여지가 없이 육개장이 나온단다, 덜 뜨거운 이중 스테인리스 그릇에 푸짐하게 담아낸 육개장은 그 검붉은 국물로 인해 시각적으로 허기진 육신을 각성시키는 효과가 있었다. 국물부터 한 숟갈 뜬다. 적당히 뜨겁고 매운 국물이 식도를 타고 위장으로 흘러내리며 마치 위로자처럼 내 소화기관을 보듬는다. 그 칼칼함이 어떻게 위로의 기능을 하는지에 관한 상관관계는 생각할 필요가 없다. 그냥 위로가 된다. 어쩌면 답답했던 마음의 체증 같은 것을 녹여내는 힘이 있을지도 모른다. 풍성한 건더기와 적당한 비율로 뿌려진 고기 조각과 알맞게 담백한 국물은 단언컨대 내가 이제까지 먹어 본 육개장 중에서 단연 으뜸이라 할 만했다. 매운맛은 맛이 아니라 통증이라고 한다. 우리의 뇌는 캡사이신의 매움이 주는 통증의 본질을 칼칼한 맛이라고 착오한다. 어쩌면 칼칼한 맛이 위로되는 것은 통증으로 통증을 다스리는 이이제이(以夷制夷)의 원리인지도 모른다. 주인 내외와 동석한 손님을 제외하면 달랑 혼자 홀에 남아 먹는 밥은 재촉하는 이도 없는데 공연히 마음이 쫓긴다.

거리로 나와 오늘 밤의 거취를 가늠해 본다. 애초에는 추억이 깊은 호산 앞바다를 보며 차박(차에서 잠을 자는 것)을 하려는 의도였으나 전혀 낯선 얼굴로 변해버린 이곳에 마음이 오래 머물지 못하게 했다. 차를 돌려 다시 서쪽으로 달려 죽변으로 향했다. 늦은 밤에 도착한 죽변항은 아직 불들이 환하게 여름밤을 밝히고 있다. 항구에서 더 서쪽으로 내려와 백사장이 넓게 펼쳐진 모래톱 위에 자리한 카페로 향한다. Take out 잔에 달콤한 카푸치노 한 잔을 들고 카페 앞 흔들의자에 앉아 수십 미터 앞까지 달려오는 바다를 조망한다. 한낮에 들끓던 태양도 가려지고 검게 어둠이 내린 백사장에는 간간이 짝을 지어 느린 산책을 하는 사람들이 보이고 바다는 그들 옆으로 무기력한 손을 슬쩍 내밀어 어둠을 더듬는다. 한밤은 수평선을 가늠할 수가 없다. 내 마음에도 나의 정체성을 분간하기 어려운 어슷한 어둠이 내려와 있음을 슬퍼했다. 50여 년 생애의 뿌리는 얼마나 견고히 내려 내 삶을 받쳐주고 있는가? 그 성찰 앞에서, 한 철 부평초같이 가뭇없음이 느껴져 서글퍼졌다.

　차 창문을 조금 열고 의자를 접어 잠을 청한다. 기압이 낮아진 바닷바람에 실려 파도 소리가 귓전까지 밀려온다. 흡사 백사장에 누운 것 같은 느낌으로 인해 깔끔한 잠자리, 시원한 샤워와 바꿀 만한 충분한 가치가 있는 불편이라 생각했다. 잠깐의 깊은 잠을 자고 차창이 밝아오는 것을 느끼며 벌떡 일어나 바다를 보았다. 죽변항의 긴 방파제 너머로 막 해가 떠오르기 시작하고 있었다. 살짝 가리어진 잿빛 구름 사이로 떠오르는 해는 마치 요란한 갈채 속에 무대 위로 등장하는 슈퍼스타처럼 통렬하다. 해맞이할 때, 수십만의 인파가 밤길을 달려와 동해에서 보고자 하는 해가 어쩌면 기복(祈福)의 의미가 아니라, 답답한 현실을 시원하게 관통하는 통렬함에 대한 열망은 아니었을까?

금방 중천까지 오를듯한 기세로 솟던 해는 바다 위로 올라온 후에는 서두르지 않았다. 역시 슈퍼스타의 기질이 있다는 엉뚱한 상상을 했다. 한참이나 해가 떠오른 바다와 아직은 잠에서 덜 깬 바다를 질주하며 돌아오는 고기잡이배들의 부산한 귀향과 두런두런 이야기를 나누며 모래사장을 걷는 사람들을 바라보다 방파제로 향했다. 태평양을 향해 열린 동해는 무척이나 의지적으로 느껴진다. 생동감이 늘 넘친다. 그곳에서 건져 올리는 고기들도 튕기듯 탄력적으로 비늘을 털어낼 것 같다.

김훈 작가는 몇 해 전 죽변항 부근에서 머무르며 글을 써서 산문집 [라면을 끓이며]에 실어 놓았다. 작가는 이른 아침 긴 산책길에 가끔 죽변항 음식점에서 물곰국을 사 먹었다고 적었다. 죽변항 부근에는 몇 군데 물곰국을 파는 식당이 있었다. 나 또한 한 곳을 들어가 빈속을 물곰국의 흐물흐물한 이물감으로 채웠다. 작가도 표현하였거니와 물곰국은 육질 감이 없다. 오히려 물곰국 속에 잘게 썰어 들어 있는 묵은지의 곰삭은 맛에 인이 박일 것 같았다. 곰삭은 맛이 미각세포에 전해질 때, 신경의 뉴런이 빠르게 달려가 도달하는 곳은 뇌가 아니라 정서적 고향 같은 곳이다. 곰삭은 맛은 고향과도 같은 익숙한 안도감을 소환하여 음식 속에 첨가하여 준다. 그러므로 곰삭은 맛은 세월의 옷을 여러 겹 입어야만 느낄 수 있는 연륜의 지병(持病) 같은 것이다.

돌아오는 길은 울진 불영 계곡을 지나 영주로 방향을 잡았다. 동해에서 내륙을 거쳐 서해로 도달해야 하는 지도상의 단거리를 선택한 것이다. 바다에서 내륙으로 들어오는 길은 깊은 소나무 숲길이 이어진다. 옛날에 무수한 굴곡으로 산언저리를 휘감던 산길은 많은 구간 직선 도로로 개량이 되어 있었다. 어쩐지 산과 직선도로는 서로 어울리지 않는 불편한 동거를 하는 것처럼 느껴진다. 있는 그대로의 모습은 아니더라도 최소한의 만져짐만으로 자연을 남겨두는 것도 함께 살아가야 하는 자연에 대한 예의가 아닐까 하는 생각을 했다.

그래도 돌아오는 산길은 아직 멀었고 그 아득한 8월의 숲속으로 1박 2일의 여독을 싣고 돌아오는 길에는 여전히 동해의 쪽빛이 가슴 한편에 물들어 있었다.

제3부

들풀은 스스로 흔들리지 않는다

가을 편지

가을엔 편지를 하겠어요
누구라도 그대가 되어 받아 주세요
낙엽이 쌓이는 날
외로운 여자가 아름다워요

가을엔 편지를 하겠어요
누구라도 그대가 되어 받아 주세요
낙엽이 흩어진 날
헤메인 여자가 아름다워요

가을엔 편지를 하겠어요
모든 것을 헤매인 마음 보내 드려요
낙엽이 사라진 날
모르는 여자가 아름다워요.

　　　　　　　　　　　　 ―「가을편지」 고은

　거리에 가로수들이 노랗게 변해가고 하나둘씩 바람에 흩날릴 때
면 고질적인 계절적 지병처럼 어김없이 막막한 그리움이 밀려온다.

내 마음이 쉬이 평정을 잃어버리고 내면이 갈대처럼 흔들리는 것을 느낄 수 있는 때이다. 그러나 그 그리움은 청년의 때에 경험하는 그리움과 달라서 그리워할 실체적 대상이 없다. 아니 어쩌면 쌓여 온 시간만큼 그리움의 대상이 너무도 많아 범주를 가늠할 수 없는 것인지도 모른다.

낙엽이 표표히 흩날리는 오후의 거리를 지날 때, 그리움의 대상들은 마치 사진첩 속 어떤 한 풍경들처럼 짧은 순간 기억 속으로 날아들었다가 소실된다. 내 기억 속 모자이크 조각처럼 스쳐 간 이들이 순간순간 머릿속에 머물다가 떠나는 동안 문득 기억의 통로가 막히듯 정지된 화면으로 마음을 채우는 이가 나타나서 때로는 먹먹한 그리움으로 가슴이 울기도 한다.

중년이 된 지금도 나는 여전히 지병처럼 가을을 앓는다. 반복되는 가을 앓이는 늘 비슷한 증상을 동반한다. 훌쩍 어디론가 떠나 오후의 햇살이 길게 누운 갈대숲의 서걱거리는 소리와 마치 이 지구상에 홀로 남은 듯 적막한 강가의 모래톱과 낯선 길 위에서의 시간을 충동하는 것이다. 그것은 단언컨대 삶의 형편과는 거의 무관하다. 말하였거니와 지병처럼 아주 오래 반복된 감정이기도 하거니와 오롯이 개별적이며 설명할 수 없는 나만의 내면적 관능의 일종이다.

그런 가을에 꼭 라디오에서 듣게 되는 노래 중 한 곡이 [가을편지]이다. 이 노래는 김민기가 1971년 1집 앨범에 수록한 것으로 10여 년째 노벨문학상 후보로 거론되었으나 옳지 못한 문제로 문학적 명성이 빛바랜 고은 작가의 [삶]이라는 시집에 수

록된 시를 가사로 한다.

처음에는 최양숙, 김민기가 불렀고 이동원, 최백호 심지어 신세대 가수인 박효신이나 아이유 등 수많은 가수가 리메이크했다. 가을 편지는 간결하면서도 짙은 서정적 가사와 멜로디에 누구나 쉬이 감정적 이입이 된다. 나 또한 가을날에는 거실 한쪽 우두커니 서 있는 기타 줄을 조율하고 가을 느낌에 취해 몇 번은 불러보는 노래지만 낮은음에서 시작하여 높이 도약하는 곡이라 듣는 것처럼 편하게 부를 수 있는 곡은 아니다. 그만큼 노래에 기교가 필요하다.

가을 편지를 노래한 사람 중, 나는 작곡자인 김민기의 노래와 이동원의 노래를 즐겨 듣는다. 이 두 가수가 각기 자기만의 정서로 해석해 내는 맛은 특별하고도 고유한 풍미가 있다. 김민기는 천재적인 작곡가이기도 하거니와 1집을 통해 아침이슬, 상록수 등 시대적 저항정신을 담은 곡을 써낸 운동가이기도 하다. 불과 스물이 갓 넘은 나이에 문학적 대가인 고은의 작품에 멜로디를 얹어 담백하게 그려냈다는 것은 그의 천재성을 의심치 않게 한다. 김민기가 부르는 가을 편지에는 그 시대의 암울한 사회상이 바닥에 깔려있다. 막걸리 한잔 걸친 후 혼자 중얼거리며 쏟아놓는 푸념처럼 가슴 밑바닥의 감정을 꾸밈없이 그대로 드러낸다. 특히 '외로운 여~자가'라는 부분에 갑작스러운 도약을 해석하는 방식은 기가 막힌다. 무심히 쏟아놓듯 낮은 톤으로 부르는 앞부분과는 다르게 사라지듯 여리게 고음을 처리하는 방식은 세련되지 않아 더 감동적이다. 나는 그 질박한 목소리 속에서 토담이 꼬불꼬불 늘어서 있던 고향 마을 길을 연상하기도 하고, 어느 때는 물안개가 그윽이 내려앉은 산정의 호수에 담긴 수채화 같은 가을 풍경을 연상하기도 한다.

그러한 김민기와 비교해 이동원의 목소리는 감미로운 외로움이 묻어난다. 그는 흡사 도시의 어느 모퉁이에 사는 청빈한 시인이 시를 낭송하듯 절제된 세련미로 노래한다.

그의 노래 속에는 김민기보다 도회적인 그림들이 더 많이 그려진다. 평화롭게 도시의 하늘을 선회하는 비둘기 무리와 길가에 화분이 놓인 작은 찻집과 책방이 있는 풍경 같은 것들이……. 다른 가수들도 쏘울이나 다양한 기법으로 해석해서 불렀지만, 매력적인 창법이나 목소리에도 불구하고 어쩐지 김민기와 이동원의 노래만큼 절절한 삶의 냄새가 배어 나오지는 않는다.

내가 이 노래에 쉽게 감정이 이입되는 이유는 가을을 대면하는 나의 감성과 꼭 일치하기 때문이다. 가을에는 누구에겐가 무작정 편지가 쓰고 싶어진다. 무지의 백지가 아니라 가로로 선이 그어진 편지지에 꼭꼭 눌러 그리움의 언어를 가득 실어 보내고 싶어진다. 그리하여 가을은, 기억 저편 멀리 있던 사람들을 가까이 끌어다 놓은 시공 초월의 능력을 갖춘다. 무심히 기억의 한쪽을 자리하고 있던 이들의 안부가 그립고 궁금해진다.

이 가을에는, 누구에게든 무겁지 않은 소회를 담고 작은 야생화 꽃잎을 붙여 가을 편지 한 장 써 보리라.

9월을 노래하다

9월은 가을로 접어드는 확연한 절기들이 있음에도 불구하고 여름의 뒤꿈치와 가을의 손끝이 공존하는 달이다. 시골에서는 백로(白露)가 지나면서 밤과 아침이 서늘해진다. 한낮에 더운 공기를 타고 하늘로 올라간 수분이 차가워지는 밤공기에 서로 부둥켜안고 이슬이 되어 내린다.

달빛이 좋아 공연히 앞뜰을 어슬렁거릴 때도 긴소매 옷을 걸쳐야 한다. 밤이슬이 눅눅하게 느껴질 때까지 이런저런 상념을 안고 휘황한 달빛에 녹아들 수 있는 시절도 이맘때쯤이다. 더 이른 계절에는 모기가 달려들고, 좀 더 지나면 한기가 돌아 뜰에 오래 머물 수가 없기 때문이다.

이맘때 새벽 아침 풍경은 낮은 안개가 다랑이 논 위로 내려있어 늘 수묵화처럼 차분하다.

새벽에 교회에 갔다 돌아오는 길에 차를 세우고 이른 아침 풍경을 자주 마음에 담는다.

잠에서 조용히 깨어나는 들녘으로 부지런한 농부들이 나가는 모습이 보이고, 일찍 일어난 새가 숲에서 나와 들판을 가로질러 날아가는 모습이 무척이나 평화롭다.

 그렇게 9월이 오면, 학창 시절 읽은 김남조 시인의 수필집 [사랑의 말]에 실렸던 [9월엔 음악부터]라는 제목의 수필이 늘 표어처럼 떠오른다. 아마도 시인은 서늘한 기운에 음악의 선율이 더해지는 것에 대한 낭만을 이야기했을 것이다. 아슴아슴 떠오르는 실루엣 같은 기억이라 내용은 분명하지 않지만, 제목만은 또렷이 기억되어 해마다 9월이면 죽순처럼 뜬금없이 기억의 뜨락을 쑥— 뚫고 올라온다. 수없이 많이 읽어 내려간 글 중에 그 소제목이 유독 오래 기억에 머무르는 이유를 정확히 알 수는 없지만, 아마도 내 의식 속 9월이 가을로 들어서는 문을 여는 것쯤으로 선명하게 각인이 되어있기 때문일 것이다.

 지금보다 더 일찍 서늘해졌던 유년의 9월이면, 좀 더 두툼해진 이불을 덮고 잠이 들었다.
 부엌에서 아침밥을 준비하시던 어머니는 일어나라고 몇 번 깨우시다가는 격자문을 열어젖히고
 이불을 확~끌어당기셨는데 얇은 속옷만 입고 잠들었던 우리는 열어젖힌 방문으로 들어오는 9월의 냉랭한 아침 기운에 진저리치며 몸을 새우처럼 웅크렸고 그 서늘한 아침 공기는 팔뚝에 도르르 닭살이 돋게 했다. 유년의 가을맞이는 그렇게 팔뚝에 오르던 닭살과 함께 시작되었다.

 지구가 뜨거워진 탓인지 요즘은 백로(白露)가 지난 후에도 옛

날 같은 서늘함은 느껴지지 않는다. 이른 아침에 거실 창을 열고 LP 플레이어에 커다란 디스크를 얹는다.

학창 시절에는 가을이 오면, 리처드 클라이더만(Richard Clayderman)의 '가을의 속삭임'이나 뉴에이지 계열의 조지 윈스턴(George Winston)이 연주한 피아노 음악을 자주 듣곤 했다.

이런 곡들의 공통점은 피아노 건반이 차가운 물 속으로 똑똑 떨어지는 물방울처럼 튕겨 오르는 느낌이어서 가을에 들어야만 진수를 느낄 수 있는 유통기한이 있는 음악 같다. 같은 음악이라도 다른 계절에 듣는 감회는 신선도가 떨어진 것처럼 밋밋해져 버린다. 나이가 들어가면서 가을 아침에 듣는 음악은 그 어떤 장르의 음악보다 우리 가곡이 제격이라는 느낌이 든다. 더구나 고음질의 CD가 아닌 찍찍거리는 고전적 LP 디스크로 듣는 가곡은 훨씬 더 낭만적이고 인간미가 있다. 뜰에 단풍이 들어 마당에 내려앉은 날은 가곡을 듣기에 가장 좋은 날이다. 조용히 불러내는 한국의 정서와 맑은 소프라노의 음색이 거실 창을 통해 들어오는 서늘한 기운에 실려 깊은 운치를 자아낸다.

많은 음악 장르 중에서도 유독 가곡만이 가지고 있는 멋이 있다. 그것은 마치 한가로운 들판에서 먼 곳을 응시하는 한 마리 학의 자태와도 같고, 수려한 기암 위에 고고히 서 있는 한 그루의 기품 있는 소나무와도 같다. 순전히 나의 주관이긴 하지만, 이를테면 음악의 장르 중에서도 우리 가곡은 가장 높은 품위를 가진다. 물론 클래식도 위대한 음악이지만, 가을의 정서에는 악기 소리만 전해지는 것보다는 깊은 울림을 담은 사람의 목소리가 더 아름다운 감성을 끌어낸다.

하루의 일과를 시작하기 전, 소파에 앉아 거실 창밖 풍경을 내다보며 가곡을 듣는 즐거움은

그리 길지 않다. 여름이 지나고 가을로 접어들면 아침 해는 좀 더 동쪽 깊은 곳에서 떠오르며 산그늘을 길게 만든다. 가곡과 함께 아직은 어둑한 산그늘을 바라보다가, 이내 늦은 시간까지 학업에 내몰리다 지쳐 잠든 딸아이를 깨워 등교 준비를 시켜야 하고 나도 분주한 일상을 시작하기 위해 움직여야 한다. 그나마 그 짧은 여유 속에서 가을 속으로 걸어가고 있는 중년의 사내를 본다. 가끔은 이 세상이, 혹은 밥벌이를 위해 경쟁사회를 살아야 하는 오늘 하루가 가곡처럼 우아하고 아름다울 수는 없는지를 자문하면서….

불을 피우며

서리가 내린 후에 거둬들인다고 해서 서리태라 불리는 콩을 상강(霜降)이 지나고도 무서리가 몇 번 더 내린 지난주일 오후에야 뒤늦게 거두어들였다. 일이 바빠 부지깽이도 날뛴다는 계절이 지나는 동안 아버지 곁을 지키느라 거두지 못했더니, 성급하게 콩깍지를 열고 어디론가 튕겨 나간 녀석들도 있고 눅눅한 껍질 속에서 따스한 가을 햇볕을 기다리며 마지막 성숙을 기다리는 녀석들도 있다. 거둬들인 것들은 습기가 적은 추녀 밑에서 며칠은 더 볕을 보아야 비로소 딱딱한 껍질을 열어젖히고 모질지 않은 도리깨질에도 세상 밖으로 뛰어나올 것이다.

콩을 거둬들인 울타리 밖 텃밭에는 늦은 가을에 뽑아서 말려 놓은 고춧대와 여름내 맛있는 간식을 제공하고 드러누운 옥수숫대가 나란히 놓여 있다. 적당히 마른 고춧대 아래 마른 풀을 한 움큼 깔고 그 위에는 옥수숫대를 얹어 불을 피운다.

마른 것들이 타며 내는 각기 다른 파열음과 냄새는 내 정서의 밑바닥과 유년의 기억 속에 각인된 것과 별반 다르지 않다. 참

깨나 들깨, 콩깍지는 자잘하며 매우 요란한 소리를 내며 타는
것이 마치 격렬한 아기의 울음소리 같다. 반면에 수숫대나 옥수
수 대처럼 굵은 것들은 가끔 탁— 탁— 거리는 파열음을 낼 뿐
다소 조용히 타는 편이다.

나는 불을 피울 때 옷깃에 스며드는 불 냄새를 좋아하는 편인
데 그 촌스러운 냄새는 단번에 현실을 유년의 기억으로 바꾸어
놓는 힘을 가지고 있기 때문이다. 저녁마다 낮은 부엌에서 군불
때는 어머니 곁에 나란히 앉아 바라보던 불꽃의 색깔과 동네 개
구쟁이들과 얼음 놀이에 지쳐 막대기를 주워 불을 피우다 머리
카락을 그슬리고는 코를 훌쩍이며 물끄러미 바라보던 불꽃의
색깔과 냄새의 추억!. 그러나 지금 고춧대와 옥수숫대가 타는
모습에서는 유년의 추억을 넘어 마치 신산했던 인생의 결말을
보는 듯한 비애감이 저리게 밀려온다.

지난달 천붕(天崩)을 당했다.

마지막까지 건장했던 아버지의 육신은 화구에 머무는 동안
겨우 한 되 박 재로 남아 내 품에 안겨졌다. 한참이나 따뜻했던
유골함을 안고 있는 동안 열정적인 삶도 언젠가는 마지막 불씨
처럼 여운으로 잦아들 때가 있음과 생명의 유한함이 내 피부로
깊숙이 느껴져 왔다.

어쩌면 겨울은 지나온 모든 계절의 성성했던 흔적을 소멸하
는 시간인지도 모른다.

어느새 12월!

한 해의 마지막 달이 지나고 있다.

가을 낮잠

시골 생활에서 10월의 낮잠은 사치에 가깝다.

들에는 때에 맞춰 거두어들여야 할 곡식이며 채소가 있고, 앞뒤 뜰에 있는 소소한 채소와 나무들과 꽃가지들도 정리하여야한다. 이미 추수한 것들은 며칠 건실한 가을 햇살에 말려 두었다가 창고로 들여와야 하고, 바람이 적고 볕이 좋을 때 남은 것들을 모두 말려야 하므로 여간 마음이 분주하지 않다.

가을은 그렇게 곳곳에 손이 닿아야 일이 마무리되니 농사를 전문으로 하는 농부가 아니어도 마음이 분분하여 좀처럼 여유로운 틈을 얻기가 쉽지 않다. 하물며 낮잠을 자기에는 가을의 시간이 너무나 빠듯한 것이 사실이다. 그러나 올해는 집 앞 텃밭이 주택지로 개발이 되면서 농사를 거의 하지 못해 가을 나절이 조금은 여유로워졌다.

가을에서 겨울로 가는 길목에는 동쪽에서 해가 뜨는 시각이 점점 늦어지고 오후의 햇살은 여름보다 더 깊이 거실 안쪽으로 스며온다. 거실 창을 마주하고 밖을 볼 수 있게 놓인 소파에 앉아 창밖을 볼 때, 비스듬히 발등을 비추는 오후의 햇살은 고즈 넉하다. 여름철에는 간신히 창을 넘어 거실 탁자 위에까지 다다 르던 햇살이 점점 길게 거실 안을 탐닉할 때 햇살의 각도가 전해오는 온기의 느낌은 평화이다. 그 평화의 느낌은 마음속에 묶여있던 긴장감을 무장해제 시키며 나른한 안식을 불러온다. 그리하여 거실 창 앞에 내다 놓은 산세비에리아 잎이 가을바람에 흔들려 창가에 어른거리는 모습을 물끄러미 바라보다가, 이끌리듯 침실로 들어가 커튼을 젖히고 침대를 반쯤 비추는 오후의 햇살에 엎드려 잠이 든다.

축복하듯 뒷머리를 비추는 햇살의 느낌은 가을이나 봄의 오후에만 느낄 수 있는 한시적 은혜이다. 은혜라고 표현하는 것은 순전히 개별적이며 주관적이지만 나는 따스한 햇살에서 평온한 은혜를 느낀다. 기독교의 교리에서는 이것을 [일반적 은혜] 라 하여 불특정 다수를 향한 조건 없는 하나님의 베푸심을 말할 때 쓰인다. 그렇게 햇살을 이불처럼 덮고 자는 낮잠만큼 산뜻하고 행복한 낮잠은 흔치 않다. 여름이나 겨울의 낮잠은 봄과 가을의 낮잠에 비교할 수 없는 체감적인 수면의 질(質)을 갖는다. 여름에는 잠을 자는 사이에 도한(盜汗)이라 부르는 땀이 많이 배출되어 잠을 잔 이후에도 산뜻하지 않고 질척하게 젖은 몸을 샤워해야만 한다. 그래서 여름 낮잠은 오히려 몸을 무겁게 하는 결과를 가져온다. 그리고 겨울의 낮잠은 따뜻한 바닥이나 침대에 눕고 이불을 덮게 되어 동면하는 동물처럼 깊은 잠이 들게 되므로 오히려 밤잠을 설치게 되거나 불면의 밤을 앓느라 일상에 리듬이 흔들리게 된다. 그러므로 봄이나 가을의 낮잠 속 짧은 안위는 다른 계절에는 느낄 수 없는 산뜻함이 있어 맑은 아침의 브런치처럼 달콤하다. 실상, 봄가을에 낮잠을 잘 수 있는 날은 몇 날 되지 않지만 매일의 저녁잠보다 특별하여 꼭 한두 번의 낮잠으로도 한 해의 잠을 다 즐긴 것처럼 느끼게 된다.

가을의 낮잠은 다섯 시를 넘기지 않아야 한다. 해가 서쪽으로 이동하면서 머리와 몸을 비추던 햇살이 사라져 뒷머리가 서늘한 느낌이 들게 되면 그날 낮잠의 효용은 상실되거나 반감되어 버린다. 그러므로 머리를 비추던 햇살이 서쪽으로 급속히 기울기 전 따스한 느낌 속에서 짧은 잠을 깨고 몸을 일으켜야만 가을 낮잠을 제대로 누리게 되는 것이다.

낮잠이라는 단어 자체가 가지는 느낌은 동화 [소가 된 게으름뱅이]의 학습효과인지도 모르지만 게으름의 상징성을 가진다. 그러나 내 경험에 의하면 낮잠의 효과는 하루의 시간적 리듬을 초기화(reset)하여 다시 하루를 시작하는 것과도 같은, 지난 일상에 대한 소거의 효과를 가진다. 어릴 때는 소풍에서 돌아와 낮잠이 깬 후에 어스름한 저녁인데도 학교에 가려고 가방을 챙겼던 기억이 있지 않았던가. 그것은 낮잠 들기 전의 시간이 뇌리에서 모두 소거되었기 때문이다. 가끔 세상일로 머리가 복잡할 때 잠을 자는 것으로 스트레스를 해소하는 사람들이 의도하는 효과도 아마 그와 비슷할 것이다. 한편, 가을 낮잠이 즐거울 수 있는 이유 중의 하나는 모든 것에 넉넉한 가을의 여유 때문인지도 모른다.

가을의 언어는 완곡하다. 완곡하여 계절 내내 미진했던 결실을 채근하지 않으므로 마음이 여유롭다. 봄의 대지 위에서 생명을 시작하고 여름의 뜨거운 태양과 태풍을 견디고 마침내 수없이 흔들리며 달려온 시간의 결실 앞에서는 농부도, 과일이나 곡식도 모두 겸허해진다. 농부는 결과에 대해 자책하지 않으며 과일과 곡식도 과시하거나 주눅 들지 않는다. 이것이 자연에서 배워야 할 삶의 순리이다.

우리는 더 나은 삶과 풍요를 위해 얼마나 자신과 자식들을 채근하며 달구고 살아가고 있었던가. 그러나 가을의 언어는 풍요와 감사, 행복함 등으로 점철되어 있어 마음이 쫓기지 않으니 그 느릿한 여유 속 짧은 낮잠도 행복한 것이다.

조선 숙종 때 서포 김만중이 저술한 구운몽처럼 8 선녀의 화신인 여덟 여인과 인연을 맺고 입신양명하여 부귀영화를 누리다가 깨어보니 꿈이었다는 그런 환락을 기대할 필요는 없다. 그냥 따사로운 볕이 감사하고 그 햇살 아래의 짧은 가을 낮잠이 행복할 뿐이다.

들풀은 스스로 흔들리지 않는다

모진 더위에 하늘까지 컥컥 메말랐던 올여름은 아침저녁으로 뜰에 물을 뿌리며 식물들의 갈증을 해소해 주어야 했다. 그러나 정성이 무색하게도 봄에 옮겨 심은 블루베리 몇 그루는 고사하여 갈색으로 변했고, 그나마 고사를 면한 식물들의 여름나기도 사람만큼이나 힘겨워 보였다.

텃밭 오이는 여름 가뭄에 일찌감치 쓴맛을 품었고 담장 밖에 있어 물 구경이 힘들었던 옥수수는 자라다 만 것처럼 어정쩡한 크기에서 성장을 멈춘 채 드문드문 알을 채워 겨우 체면치레를 했을 뿐이다. 전업 농사꾼이 아니니 농부만큼 노심초사하지는 않았으나 시골에 살다 보니 오가며 보게 되는 농사가 남의 일 같지만은 않고 공연히 마음이 쓰인다. 따지고 보면 직장을 다니는 사람이나 자영업을 하는 사람, 하늘을 보며 농사를 짓는 사람들 모두 나름대로 염려와 근심을 안고 살아가고 있다. 그것이 삶의 보편성이기도 하고 형평성이기도 할 것이다. 자신이 처한 환경의 어려움 앞에서는 늘 남의 근심이 상대적으로 더 가벼워 보일 수도 있으나 세상사 어디 호락호락한 게 있으랴. 각자에게 주어진 근심은 누구나 오롯이 자신이 감당하며 견뎌야 하는 삶의 무게이고 개별성이다.

　올봄에 뜰을 다시 만지면서 잔디를 깔아놓은 정원과 담장 사이에 십여 평의 텃밭을 기다랗게 만들어 고추며 호박, 수박, 참외 등을 심었다. 제법 많이 달렸던 풋고추는 붉어지기 전까지 된장에 찍어 먹기도 하고 밀가루와 함께 찌거나 멸치를 넣고 간장에 졸여 여름 식탁에 단골 반찬이 되었고, 호박도 국을 끓이거나 새우와 함께 자박하게 지져 먹었다. 올해 가장 만족스러운 농사를 들자면 단연 수박이 아닐까 싶다. 겨우 세 포기를 심었으니 농사라는 표현은 분명 과장이 되겠으나 특이하게도 한 뿌리에 서로 다른 두 줄기를 내었는데 한쪽은 수박이 열렸고 다른 한쪽에는 고지박이 열렸다. 모종이 커 나가고 꽃이 피면서 다른 두 종류가 한 뿌리에서 자라는 것을 알게 된 것인데 아마도 고지박에 수박 줄기를 접붙인 때문인 듯했다. 특히 수박은 한 아름되는 것으로 다섯 덩어리나 수확했다. 가뭄과 고온으로 평균 작황이 좋지 않아 수박이 금박이라 불릴 만큼 높은 가격을 형성했으니 수박을 따서 시원하게 보관하였다가 잘라 먹을 때의 효용 가치는 사 먹는 수박과 견줄 수 없었다. 수박을 다 거두고 나자 이젠 다른 줄기에 붙은 고지박이 커 가기 시작했는데 아이 얼굴만큼 자란 고지박을 잘라 속을 파내고 껍질을 벗긴 후 얇게 잘라 국을 끓였다. 어릴 때는 속을 파낸 고지박은 가마솥에 삶아 낸 후 그늘에 잘 말려 바가지로 사용하곤 했다. 주로 광에 있던 큰 항아리에 곡식을 퍼내는 용도로 사용했는데 어쩌다 금이

간 고지바가지는 실로 꿰매어 아껴 쓰기도 했지만, 플라스틱 생활용품이 보편화된 지금, 고지바가지는 골동품이 되었다.

고지로 끓인 국을 먹을 때 얇은 조각은 입속에서 아무런 저항 없이 자연스럽게 분해되어 스르르 혓바닥으로 스며들거나 혹은 녹아내리는 느낌 들어서 어쩌면 내 몸의 일부였던 것이 잠시 이탈하였다가 되돌아온 것은 아닐까 하는 생각이 들 만큼 쉬이 내 몸과 일체감을 형성한다.

음식을 씹을 때, 얼굴 근육의 힘을 받은 단단한 턱과 아교질의 이빨은 이물감의 저항을 우적우적 무참히 분쇄하여 목구멍으로 넘김으로써 마치 생존을 위한 섭식 활동하고 있다는 사명감이나 먹이사슬 상위에서 누리는 승자의 쾌감 같은 것을 느끼는지도 모른다. 그러나 고지박의 부드러움은 입속에 이물감으로부터 완벽하게 자유로워 숨을 쉬듯 자연스럽게 해체되고 스르르 목구멍을 넘어가 편안하게 위장 속에 안착한다. 이런 것들은 먹고 나서도 거북하거나 소화가 어려워 위로 치받고 올라오는 일이 거의 없다. 언제부턴가 소고기뭇국처럼 담백한 국을 먹을 때는 다른 반찬을 거의 먹지 않게 되었는데 그것은 아마도 단순하고 담백한 것들이 위장에 담겼을 때의 편안함에 몸이 호의적인 반응을 보였기 때문일 것이다. 딴은, 내 몸의 소화 기능이 단단하거나 기름기가 잔뜩 밴 것들을 감당하기 부담스러울 만큼 유약해졌다는 것을 의미하기도 한다. 그러고 보니 음식뿐만이 아니라 내가 너끈히 소화하지 못할 일상의 일들도 예전보다는 훨씬 더 많아졌다.

나는 두어 해 전에 과도한 스트레스로 심한 탈모를 겪었다.

내 육체는 마음의 혼란을 감당하기 어려워 무성했던 머리카락을 낙엽처럼 떨어뜨렸다. 의사는 자가 면역질환이라 했다. 평정을 찾지 못한 마음이 원인으로, 항원인 내 몸을 대상으로 항체가 생겼다는 것인데 머리카락을 적으로 간주한 면역세포가 두피 세포를 공격하여 생긴 병이라고 했다. 극심한 혼란이 마음과 육체를 한꺼번에 흔들어 놓은 일은 허우적허우적 현실을 헤쳐 나오던 내 삶의 관성을 주춤거리게 했다.

그동안 소유하고 성취하고 싶었던 견고한 소망들을 위해 애태우고 몸부림하며 달려왔다면 이제 마주할 앞으로의 삶은 연륜에서 우러나오는 담백함으로 물 흐르듯 순리를 따라야 할 것을 짐작하게 된 것이다. 그렇다고 한창나이에 무위자연의 도가 사상가들처럼 안빈낙도하자는 것은 아니지만 내 역량이 감당치 못 할 일에 매달려 안달복달하는 것보다는 감당할 만한 일들을 순리대로 풀어내는 게 지금의 내겐 훨씬 더 유익할 것 같았다.

들풀은 아무 곳에서나 맘대로 일어선 것처럼 생명의 모든 순환 과정도 오롯이 자연의 순리에 맡긴다. 가을 들어 한껏 도톰해진 씨방들은 농익은 가을 햇살에 터져 사방으로 떨어지거나, 갈바람에 몸을 맡기고 가벼이 허공을 유영하다가 한적한 길섶에 떨어지거나 참새들의 입안으로 들어가 배설물과 함께 다른 먼 곳에 안착하여 발아할 때를 기다린다. 그들은 잘 가꾸어진 정원을 탐하거나 아름다운 도자기 화분을 절대 부러워하지도 않는다. 오히려 흐르는 바람에 몸을 맡기고 안온한 햇살에 유유히 일렁이는 들풀의 모습은 자분자분하고 초연하다. 때로는 마치 삶을 달관한 사람들이 그러하듯 의연하게 자연의 섭리에 적응 한 초인 같이 말한다.

들풀은 스스로 흔들리는 게 아니라고….

편지 쓰고 싶은 날

군에 다녀온 후 독립하겠다고 집을 나가 생활하는 아들의 방에 들어가 공연히 서성였다.

난방하지 않아 서늘해진 방바닥과 공기가 아들의 부재를 실감케 하듯 가슴속을 아릿하게 파고든다. 이리저리 책장을 살펴보다가 아내의 이름이 적힌 사진첩을 펼쳐 보니 바람처럼 지나온 순간의 기억들이 정지된 화면으로 가지런히 놓여 있다.

한 장씩 넘기다가 아내가 사진첩 뒤에 꽂아 둔 연애 시절 편지를 발견했다. 소개로 만나 6개월 만에 결혼까지 했으니 짧은 기간의 연애는 그만큼 애절했던 것 같다. 처음 편지를 쓰는 초등학생처럼 꾹꾹 힘을 주어 써 내려간 내 글씨를 보니 예쁜 아가씨의 마음을 얻느라 한껏 정성을 들였던 풋풋한 스물아홉 청년의 순정이 그려진다.

결혼 후 촬영한 아기들의 사진이나 그런 아기를 안고 찍은 풋내기 부모가 된 사진 속 모습은 생경하고도 행복해 보인다. 그렇게 한때 행복했던 시간 앞에서 저절로 입가에 미소가 번지는 것은 우리 몸이 기억하고 있는 추억에 대한 무의식적인 반응이다.

오래전 받았거나 보낸 편지는 읽는 사람으로 하여금 세월을 훌쩍 넘어 기억의 창고 모퉁이에 먼지를 쓰고 잠자고 있던 시간의 기억을 슬며시 들추어내게 한다.

학창 시절에 그런대로 글 쓰는 솜씨가 있었던 나는 까까머리 친구 녀석들의 연애편지를 대필해 준 대가로 어묵이나 분식을 얻어먹곤 했다. R 프로스트나, 영국의 낭만파 시인 윌리엄 워즈워스, 바이런 등의 시를 인용해 가며 잔뜩 멋을 부려 써 내려갔던 치기 어린 연애편지들은 아마도 내겐 지금의 글쟁이 흉내를 내게 한 습작의 시간이었을 것이다. 편지를 쓰며 작문 실력만 키운 것이 아니라 상대의 호감을 얻고자 글씨를 다듬고 연습했던 노력의 결과로 밉지 않은 필체도 가지게 되었다.

언젠가 빨간 우체통이 해마다 1,000여 개씩 사라지고 있다는 TV 뉴스를 접한 기억이 있다.

전화도 흔치 않았던 시절 거의 유일한 통신 수단이었던 편지는 이-메일과 카톡 등 바로 보내고 바로 확인할 수 있는 속도 우위의 문명에 밀려 어느새 뒷방 조강지처럼 물러나 앉았다.

우체국에 가지 않아도 빈번한 통행이 있는 곳에는 제법 큰 우체통이, 동네에는 문방구 벽에 작은 우체통이 매달려 무수한 사연과 안부를 전달했지만, 지금은 우체국에 가지 않으면 빨간 우체통을 구경하기가 쉽지 않다. 그 시절 빨간 우체통은 시대의 애환과 삶의 모습들이 잠시 머물렀다 떠나는 간이역 같은 곳이었으며 사람과 사람 사이 인연의 끈을 잡고 있던 가교였다. 봄꽃이 피었다는 소식이나 연둣빛 잎이 돋아나고 단풍이 들고 첫

눈이 내렸다는 계절의 인사가 가장 먼저 그리운 이의 마음속으로 달음질쳤고 부모와 자식의 근황을 묻는 안부와 사랑의 열병으로 속 타는 마음들이 뒤엉켜 시골 장터처럼 짙은 삶의 냄새를 풍겼을 것이다.

우체통에 편지를 넣으며 빨라야 엿새 만에 돌아오는 답장을 손꼽아 기다리던 일과 도착한 편지를 개봉할 때의 두근거리는 설렘과 책갈피에 넣어 두었다가 읽고 또 읽었던 일은 이젠 남루한 흑백사진처럼 아득한 기억이 되었다. 그런 연유로 빨간 우체통을 보면 "그리움"이나 "기다림" 같은 시대의 편리한 문명이 채워줄 수 없는 아날로그적 단어들이 먼저 떠오른다. 새로운 문명이라는 것은 분명 인간적인 냄새와는 반대 방향의 궤도를 달리는 것이다. 이— 메일과 카톡처럼 기계가 찍어주는 활자 속에서, 편지지에 한 자 한 자 써 내려간 글씨만큼 전하는 이의 감성과 마음을 읽기란 얼마나 어려운 것인가. 더구나 팍팍한 생존경쟁의 세상살이를 위해 자기 계발, 성공, 경제 같은 건조 하고 경직된 용어들과 익숙해야 하며 거기에 동참해야 하는 요즘 시대에 군이 느리고 느린 편지를 쓴다는 것은 어쩌면 호미로 긴 밭을 일구는 일처럼 미련해 보일 수도 있는 일이다. 그러나 가끔은 은은한 탁상 조명 아래서 누군가에게 막연한 그리움의 감정을 담아 몇 줄 편지를 쓰고 싶은 날이 있다. 무심히 흘러가는 계절의 한순간을 그림처럼 담은 내용이어도 좋고, 마음 한구석에 수선화 구근처럼 묻어 두었던 오래된 기억의 소회이어도 좋고, 들꽃 한 잎에 짧은 안부를 물어도 좋을 것이다. 그러나 이젠 그런 감정을 편지로 전하려 해도 수신인이 막연해진다. 그만큼 우리는 손편지라는 느리고도 따뜻한 마음의 전달 방식에 너무 낯선 존재들이 되어있다.

우리 집 입구에도 편지함이 있지만, 옛날처럼 기대감이나 설렘을 안고 들여다보게 되지는 않는다. 편지함에 머리를 박고 거꾸로 서 있는 우편물들은 십중팔구 숫자만 잔뜩 기록된 세금 고지서이거나 이번 달 상환해야 할 채무를 알려주는 카드 명세서일 가능성이 크기 때문이다. 낯선 지방의 소인이 찍혀있는 우표를 보며 설렘으로 편지 봉투를 뜯어보던 기억을 회상한다. '말없이 건네주고 달아난 차가운 손'으로 시작하는 어니언스의 '편지'라는 노래가 생각나는 오후, 느긋하게 편지를 쓰고, 햇살 좋은 오후에 우체국에 들러 우표를 붙이고, 누구에겐가 그리운 마음을 보내고 싶은 그런 날이다.

라일락은 두 번 아름답다

어느새 계절이 휑하다.

온 들녘에 충일했던 느긋한 가을 햇살이 떠나고 그 햇살 아래 빛나던 과일과 누렇게 익어가던 곡식들마저 사라진 늦가을의 빈 들녘은 자식들을 다 키워 대처로 보낸 늙은 어미의 가슴처럼 담담한 공허로 다시 메워지고 있다. 그리고 이젠 아름다웠던 가을 풍경들이 사라져간 들녘에 쓸쓸한 바람이 분다. 그 바람에 옷깃을 여민 채 다니엘(우리 집 비글 강아지)을 데리고 마을 길을 산책할 때 나는 가끔 베짱이와 개미의 우화를 떠올린다. 여름내 나무 그늘에서 기타를 치며 노래를 부르던 베짱이가 코트 깃을 세우고 잔뜩 웅크린 채 개미의 집으로 식량을 얻으러 가는 장면이다. 처음 기타를 배우기 시작했던 고등학생 시절, 공부하는 것보다 틈만 나면 노래 부르기를 좋아했던 내게 막연하게 엄습해왔던 미래에 대한 두려움 뒤에는 어쩌면 개미와 베짱이의 우화가 있었는지도 모른다.

고구마를 길러내고 파헤쳐지거나 벼의 그루터기만 남은 가을 들판의 휴식은 때때로 존엄해 보인다. 마치 12라운드의 긴 싸움을 마치고 기진하여 링에 드러누운 복싱 선수가 그러하듯 때로는 경외감마저 든다. 봄부터 가을까지 이렇듯 곡진하게 곡식을 길러내고 안식하는 들녘의 황혼이 어찌 아름답지 않을 수 있으랴! 그 앞에서 얼마간은 염려스러운 내 향후 수급 연금 예상액이 초라하다. 그렇듯, 나는 늘 계절이나 사물의 변화 앞에서 스스로 성찰하는 버릇을 가지고 있다. 하나님 앞에 매일 자신을 비추어보는 것에 익숙해져 있는 탓인지, 아니면 아내의 핀잔처럼 착한 병에 걸린 탓인지는 알 수 없지만 늘 하루의 일과를 돌아보고 생각하고 반성하며 때로 남세스럽거나 경솔했던 기억에는 진저리치기도 한다.

아침에 일어나 뜰에 나가보니 집 울타리 안에 갖가지 단풍이 들었다. 단풍의 사전적 정의는 "늦가을에 식물의 잎이 적색, 황색, 갈색으로 변하는 현상"이다. 이런 원리적이고 개념적인 표현에 비해 "tinted autumnal leaves" 즉 "물든 가을의 잎들"이라고 정의하는 영어의 단풍은 다소 낭만적이고 시적이다. 복숭아나무와 사과나무, 감나무, 대추나무 등 유실수는 아주 맛있는 열매를 맺는 대신에 단풍은 그다지 매력적이지 않다. 물들다 만 염색 천처럼 어중간해서 그다지 눈길이 닿지 않는데 뜰을 돌다보니 안방 앞 라일락 단풍이 눈에 확 들어온다. 라일락 단풍은 가장자리의 진한 홍시색이 줄기 쪽으로 옅어지며 노란색과 그러데이션을 이룬다. 색의 조화가 얼마나 예쁜지 나도 모르게 탄성이 흘러나와 큰 소리로 호들갑 떨 듯 아내를 부른다. 무슨 큰일이나 일어난 줄 알고 황급히 다가온 아내는 겨우 이 정도로 그 유난을 떨었냐는 식이거나 아니면 이제야 이것을 보았느냐는 식의 다소 시큰둥한 반응이다.

라일락은 사실 내가 가장 좋아하는 꽃이다.

오밀조밀한 꽃의 모양새보다 보라색의 색깔과 낭만을 부르는 향기로 단번에 내 마음속 안방을 차지했다. 라일락을 향한 내 감성에 꽃을 얹어 준 것은 이문세의 노래 '가로수 그늘에 서면'이다. 비음이 묻어 나오는 특유의 음색으로 담백하게 불러내는 목소리에 봄의 원인 모를 외로움이 연상되는 다소 우울한 멜로디, 음악의 깊이를 더하는 오보에와 클라리넷, 바이올린 등으로 클래식하게 편곡된 사운드가 어울려 한동안 감성의 모진 몸살을 앓게 했었다. 아마도 취업 공부에 몰두하던 대학 4학년 즈음의 이야기일 것이다. 후에 많은 역량 있는 가수들이 부른 다양한 편곡 버전이 나왔지만 여태 원작을 뛰어넘는 편곡과 가수는 아직 없었다고 생각한다.

라일락이라는 호칭은 꽃 모양이 수수꽃과 닮았다고 해서 수수꽃다리라 불렸던 식물의 서양식 개량종 이름이다. 거의 비슷한 모양새와 향기를 가졌지만, 수수꽃다리라는 이름이 수수한 아름다움을 가진 고향 아가씨를 연상케 한다면, 라일락이라는 이름은 세련되고 우아한 도시 아가씨를 연상케 한다. 둘 다 나름대로 고유한 아름다움을 품고 있는 이름들이다.

어느 봄날 아침 창문을 열었을 때 신비로운 향수처럼 내 맘에 물들어 올 낭만적인 도발에 대한 기대감으로 나는 안방 앞에다 라일락을 심었다. 내 감성을 닮아 라일락을 좋아하는 딸이 지내는 안방 위 2층에도 장성한 라일락 향기가 배달했으면 싶기도 했다.

아름답게 물든 라일락을 물끄러미 바라보다가 문득, 오드리 헵번이라는 이름이 떠올랐다. 그리고 퇴임 후 해비타트 운동가로 집짓기 봉사하며 재임 때 보다 더 존경받는 카터 미 전 대통령과 이어서 실천적 행보로 한때 국민의 지극한 지지를 얻었으나 하찮은 부정에 발목 잡혀 스스로 생을 마감했던 몇몇 저명했던 정치인들의 이름이 영화 필름처럼 지나갔다.

왜 하필 아름다운 라일락 단풍 앞에서 그런 이름들이 불쑥 치고 지나가며 감성을 깨뜨렸을까? 가만히 생각해보니 아마도 연결고리의 첫 단추였던 세기의 요정 오드리 헵번의 노년의 궤적 때문이었던 것 같다.

헵번은 1953년에 발표된 <로마의 휴일>이라는 영화로 일약 스타덤에 오른 후 <전쟁과 평화>, <티파니에서 아침을> 등 수 많은 영화에서 활약하며 상당한 인기와 명성을 누렸다. 그랬던 그가 현직을 떠난 후 1988년에는 유엔 유니세프 명예 대사가 되었고 주로 남미와 아프리카 어린이 돕기에 열정을 쏟는 아름다운 인도주의자가 되었다. 드레스를 입은 은막의 스타로 우아하게 여생을 보내는 대신에 청바지를 입고 분쟁지역 아이들을 찾아다니며 낮은 곳에 마음을 두었던 그는 1993년 사망할 때까지 대사직을 유지하며 암 투병 중에도 소말리아를 방문하여 봉사활동을 하는 등 선한 영향력을 미친다. 그 공로로 UN은 2004

년 오드리 헵번 평화상을 제정하여 그의 정신을 계승하고자 했다. 헵번은 세상을 떠난 후에도 그가 사랑했던 스위스의 작은 마을 공동묘지의 맨 뒷줄에 누웠다. 십자가와 화분 몇 개가 놓여 있을 뿐, 그가 세기의 배우였다는 화려한 표식도 없으며 오히려 마을 사람들의 무덤보다 더 소박한 2평짜리 헵번의 무덤을 인터넷으로 보았을 때 그 간결한 무덤의 메시지는 화려했던 아카데미 여우주연상 수상 소감보다 더 빛나게 내 마음속에 양각으로 새겨졌다.

짧은 봄의 절정이 그러하듯 누구나 한 번은 아름다울 수 있으나, 헵번의 두 번째 삶처럼 흠모할 만한 아름다움으로 인생의 가을을 빛나게 하기란 여간 어려운 일이 아니다. 그러기 위해서는 봄의 절정보다 더 무수한 절제와 노력 이상의 내려놓음과 헌신의 마음이 있어야 한다.

내 생애의 여름이 지나고 가을의 문턱에 서서 조금씩 채색되어가고 있는 삶의 단풍을 본다. 봄에 절정을 뽐내고 가을에 원숙한 아름다움으로 또다시 우리를 기쁘게 하는 라일락이 그러하듯 내 삶의 가을도 그렇게 아름다운 향기가 났으면 싶다.

라일락의 꽃말은 젊은 날의 추억, 첫사랑이다. 젊은 날의 추억은 가끔 아름답게 반추되기도 하나, 첫사랑에 대한 그리움으로 라일락을 사랑하는 것은 결코 아님을 아내에게 분명히 밝혀둔다.

나는 자연인이다

"차라리 산에 들어가 살든지, 매일 그 프로만 보고 있어서 정말 꼴 보기 싫어!"

일 년에 두 번 정도 만나는 어릴 적 교회 친구들의 모임에서 서울 사는 여자 친구가 남편 흉을 보느라 퉁퉁거린다. 친구가 지칭하는 그 프로그램이란 한때 종편 최고 시청률을 자랑했다는 '나는 자연인이다'이다. 진행자가 산속에 기거하는 사람을 찾아가 며칠을 유하며 산골의 일상을 소개하고 산속으로 들어와 살게 된 배경이나 산 사람으로 사는 데 대한 소박한 즐거움, 혹은 외로움 등을 고백하게 하기도 한다.

어디 친구의 남편뿐일까. 최고의 시청률이라는 데이터는 곧 절대 적지 않은 시청자들의 마음속에 산골 생활에 대한 막연한 기대감이나 동경, 혹은 그마저도 아니면 최소한 실행할 수 없는 소망에 대한 대리만족이라도 반영되었음을 의미한다. 어쩌면 그 프로그램의 영향력은 많은 도시의 중년 남성들로 하여금 숨 가쁘게 달리던 삶의 레이스를 갑자기 멈추고, 마치 속세를 떠나 산문을 들어서는 수행자들처럼 스스로 궁벽한 산골을 찾아 보따리를 싸도록 충동질할지도 모른다. 그도 그럴 것이 외진 시골에 사는 나조차도 아이들을 다 키우고 나면 더 깊은 오지에서 자발적 고립을 즐기며 살아보리라는 맘을 먹고 있으니 하물며 층층이 빼곡하게 들어앉은 도시의 아파트 어디쯤 날아든 새들처럼 지친 일상에서 돌아와 곤한 몸을 뉘는 도시 중년들의 일상에서야 그런 기대감이 없다는 것이 오히려 더 특별할 수도 있을 듯싶은 것이다.

그 프로그램에 출연하는 다수의 자연인은 베이비붐 세대 사람들이었다. 그들은 전후의 궁핍했던 시절에 태어나 일명 보릿고개를 경험하며 배를 곯아 본 사람들이었고, 학교에서 지급하던 옥수숫가루나 빵을 먹으며 자랐으며 학교를 졸업한 후에는 산업전선에 뛰어들어 대한민국의 산업 중흥과 함께 치열한 삶을 살아온 사람들이었다. 배를 곯지 않기 위해 일해야 했고 가족을 먹여 살리기 위해 지친 몸을 이끌고 전투적으로 달려야 했던 그들의 동력은 오직 먹고살아야 한다는 생존 본능과 가족의 부양이라는 절박한 사명감이었을 것이다. 그리고 자식들이 자라 새들처럼 품을 떠나고 퇴직금이나 연금 얼마가 곤고했던 이력의 대가로 남았을 때, 그들을 관성처럼 달리게 채찍질했던 '먹고 산다'라는 절대 명제의 가치에 의문을 품게 되는 날이 분명 있었을 것이다. 게 중에는 지친 삶으로 몸에 병을 얻어 자연 속에서 치유를 얻은 사람도 있고, 사기와 배신을 당해 극단적 선택의 갈림길에서 살기 위해 산으로 스며든 사람도 있었다. 텔레비전 앞에서 자연인의 일상에 감정이입이 되거나 대리만족을 누리는 사람 모두가 분명 자연인들과 얼마간의 공통분모를 가지거나 삶의 무게에 관한 공감대를 형성하고 있기에 결코 남의 일 같지만은 않은 것이다. 앞만 보고 열심히 달려온 세월에도 불구하고 때로 허방을 디딘 것처럼 마음이 휘청 일 때, 자연으로의 회귀는 현실 도피이기 전에 누구나 한번은 꿈꾸어 볼 만한 본질적 자아를 찾아가는 행동이 아닐까?

가끔 집 옆에 있는 산에 들어갈 일이 있다. 봄에는 산 곳곳에 돋아나는 두릅을 따기 위해 아내와 같이 가고 또 가을 햇살에 밤송이가 입을 열고 매끈한 알밤을 톡톡 떨어뜨릴 즈음은 밤을 몇 알 줍기 위해 산을 오른다. 산이라야 겨우 5분 남짓이면 정상까지 오를 수 있으니 언덕이라는 편이 더 적당한 표현일 수도 있겠으나 그래도 산의 규모에 비해 숲은 꽤 울창한 편이다. 쭉쭉 뻗은 소나무 사이로 간간이 서 있는 오리나무, 밤나무, 단풍나무, 굴참나무와 봄에야 잠깐 존재감을 비추는 산 목련 등이 다양하게 서식하고 있어 일단 숲에 들어서면 구경할 것이 많다. 나는 특히 산의 좁은 계곡을 훑어 오르는 것을 좋아하는데 졸졸 샘물이 흐르거나 장마 때나 잠깐 물이 흐르는 계곡은 능선이나 산허리보다 청량감이 훨씬 크게 느껴지거나 혹은 음습한 느낌이 존재하기 때문이다. 이 음습함으로 인해 계곡 언저리에는 이끼류가 퍼져있기도 하고 느긋하게 유기물로 소멸해 가는 죽어 넘어진 나무나 낙엽 냄새 속에서 특이한 아늑함을 느끼기도 한다.

돌이켜보면, 내 유년의 산 계곡에서도 형언하기 어려운 청량감과 음습함 속에 묻어 나오는 아늑함을 자주 경험해 왔던 것 같다. 동네 아이들과 전쟁놀이를 위해 산을 내달리던 때나 혼자 산 계곡을 오르며 떡갈나무 잎을 바위틈에 대고 졸졸 흐르는 물을 받아 마실 때, 그때 내 후각에 각인된 음습한 냄새가 왜 그토록 나를 안도하게 했는지에 대하여는 여전히 답을 찾지 못했다. 그러나 그때 각인된 음습한 냄새에 대한 기억은 수십 년이 지난 지금도 산 계곡을 찾아가면 어김없이 회생한다. 어쩌면 그 냄새에 대한 기억은 나도 모르게 내 유전자 속 어딘가에 실핏줄 같이 착근하여 내 몸의 일부로 은신하고 있는지도 모른다. 내가 자신을 뼛속까지 촌놈이라 정의하는 이유도 바로 여기에 있다.

세상이 잠이 든 듯 조용한 산속에 있을 때, 나는 가끔 한하운 선생의 '보리피리'라는 시를 떠올린다. 나병이 치유된 후에도 세상의 편견과 사람들의 회피로 인해 그들의 삶에 동류 되지 못한 채 밤마다 종로 거리로 육필 시를 팔러 다니던 그가 그토록 그리워하던 '인환의 거리'를 지금의 사람들은 왜 홀연히 떠나고 싶어 할까? 한하운 선생처럼 와자지껄한 세간에 동류 되어 어울렁더울렁 살아가는 것이 간절한 바람이 된 사람이 있는가 하면 세간에 지쳐 인공의 소리로부터 멀어진 자연으로 도피하려는 사람도 있다. 그토록 그리워하는 사람과 지친 사람이 공존하는 그곳이 바로 "인환의 거리"이다.

사람들은 도대체 무엇에 지쳐가는 것일까? 경쟁사회인 이 세상은 조직 안에서의 우열을 가리기 위한 경쟁에 익숙해져 있다. 지적 능력이나 업무능력, 리더십, 사회성, 외모, 경제력 등 뛰어난 사람은 그들의 부류 안에서, 진부한 사람은 그들 나름대로 환경 안에서 살아남기 위해 서로 아등바등 경쟁한다. 그것이 우리가 살아가고 있는 삶의 모습이며 생리이다.

경제적 먹이사슬과 다름없는 치열한 경쟁 속에 살아가며 우리는 감성과 자존감과 생애의 에너지를 끝없이 소모해간다. 그리하여 마침내 마음을 기댈 곳이 없고 군중 속에서 홀로 남겨진 것처럼 고독해질 때 사람은 무섭도록 외롭고 고독한 절망의 우물을 벗어나기 위해 급기야는 삶과 죽음의 경계에 서서 레테의 강을 바라보는 사람이나 혹은 자연으로 도피하는 사람이 생겨나는 것이다.

하여 '나는 자연인이다'라는 문구를 대할 때, 그것이 절벽 같은 삶의 끝에 선 중년들이 생의 의지를 담아 쏟아내는 마지막 표호(俵號) 같아서 차라리 처절하고 결연하다. 다시는 자아를 촛불처럼 소모해가며 톱니바퀴 같은 시스템의 일부로 살아가지 않으리라 다짐하는 명백한 자기 선언이다.

시청률 1위라는 위업은 아마도 나를 포함한 이 시대의 중년들이 그 눈물겹도록 결연한 선언에 대하여 경의를 표하는 것이리라.

낚시 이야기

낚싯대의 초릿대 끝에서부터 미끄럼 타듯 예각 삼각형을 그리며 수면 아래로 내려간 합사 줄의 끝에는 날카로운 낚싯바늘에 꿰인 하얀색 가짜 미끼가 꼬리를 요란하게 흔들며 녀석의 공격성을 자극한다.

릴을 살살 감기 시작하여 수초 옆을 지날 즈음 툭 하고 미끼를 건드리는 느낌이 난다. 녀석은 아마도 수초 옆에 숨어 지나가는 작은 물고기들을 삼킬 기회를 엿보고 있었을 것이다. 일단 줄 감기를 멈추고 손목을 이용하여 까딱까딱 초릿대만 흔들어 녀석을 유혹해 본다. 물속에서 가짜 미끼의 꼬리가 요란하게 서너 번 흔들리자 녀석은 덥석 미끼를 물고는 획 돌아선다. 빨랫줄처럼 느슨하던 낚싯줄이 팽팽해지는 이때가 바로 챔질 타이밍이다. 낚싯대를 위로 쳐들면서 몸을 활처럼 뒤로 젖힌다. 졸지에 크고 예리한 낚싯바늘에 입이 꿰인 녀석이 벗어나려 물 위로 튀어 오르며 몸을 힘껏 비틀어댄다. 낚싯바늘이나 미끼의 포장지에 그려진 그림과 같은 바로 그 모습이다. 녀석은 필사적으로 도망치려고 이리저리로 낚싯바늘을 물고 다닌다. 이때부터 일명 손맛이라 불리는 물고기와의 밀고 당기기가 시작되는 것이다.

낚싯대의 탄성과 줄의 장력을 통해 가늠해 본 녀석의 크기와 힘은 만만치 않다. 능숙한 낚시꾼은 이 손맛을 즐기기 위해 빨리 끌어 올리지 않고 일부러 힘겨루기를 즐긴다. 생존하기 위해 필사적으로 몸을 비틀거나 물 위로 튀어 오르거나 수초에 머리를 박고 버티는 녀석들과 한판 생물학적 전투를 하는 것이다. 몸부림 끝에 가까이 끌려 온 녀석을 향해 낚싯대를 치켜세우면 물 위로 입을 드러낸 녀석은 바야흐로 무기력한 체념을 토해낸다. 큰 입 배스다. 40센티를 족히 넘을 만한 이 녀석은 가물치와 함께 저수지의 최상위 포식자의 위치에서 토종 물고기들을 잡아먹고 산다. 배스는 우리나라에서 생태계를 교란하는 유해 어종으로 분류되며 토종 붕어나 피라미 같은 것뿐만이 아니라 심지어 같은 외국산으로 유해 어종인 블루길까지도 잡아먹는다. 잠시 승리의 쾌감에 도취하여 숨을 몰아쉬며 혼잣말로 승리를 자축하거나 기념으로 사진을 찍기도 한다.

집에서 들길을 따라 1분만 걸으면 당도하는 큰 저수지는 내가 가끔 배스를 잡아 올리는 곳이다. 바로 옆 산을 끼고 커다란 저수지가 있다는 것은 내가 이곳에 집을 짓고 살 게 된 몇 가지 이유 중 하나였다. 그러나 집 지을 땅을 구입 할 당시 저수지의 매력은 낚시하는 장소가 아니라 무엇이든 수용하고 용해할 것 같은 그 담담한 화엄의 풍경이었다. 그즈음 무엇보다 마음의 평정이 절실했던 내게는 마음이 원하는 그림이기도 하였거니와 또 아내와 함께 저수지 주변 길을 느릿느릿 걸으며 소소한 이야기를 나누는 것 같은 전원생활에 대한 전형적인 환상이 있었기 때문이다. 물론 가끔 아내와 저수지 언저리를 걸으며 산책도 하지만 이젠 낚시를 위해 저수지를 찾는 날이 더 많아졌다.

처음 이 저수지에서 낚시할 때, 일몰 무렵의 고요한 풍경 속으로 한가로이 날아다니는 작은 곤충들과 혼자 노래를 부르듯 쓸쓸한 산새 소리에 동화되어 그 잔잔한 풍경화 속의 한 점이 된 듯 마음의 평정이 찾아왔다. 미세한 파장도 없이 완벽한 잔잔함은 때로 멈추어진 화면이나 그림이 아닐까 하는 착각마저 들게 했다. 그 이후로 낚시는, 단지 나만의 피정의 장소인 이곳에 들어오기 위한 하나의 도구일 뿐이었다. 나는 때때로 낚싯바늘을 던지는 것보다 아무도 없는 저주지 가장자리의 갈대숲에 혼자 가만히 멈추어 서서 숨소리마저 죽인 채 적요하도록 고요한 풍경에 깊이 몰입하곤 했다. 거미줄만큼의 긴장도 걸리지 않는 완벽한 감정의 이완을 즐기는데 더 이상의 어떤 것의 틈입도 필요치 않았다. 그렇듯 낚시의 본질보다는 파생적 효과에 몰입하다 보니 당연히 조과는 늘 미미했다. 어떤 날은 우연히 걸려드는 녀석이 있는가 하면 어떤 날은 몇 번 낚시를 던지다가는 우두커니 서서 마음의 소리에 귀를 기울이다 빈 낚싯대를 들고 돌아오곤 했다. 그런 날은 마치 숲속에 은거하는 현자를 만나고 온 듯 숙연하고 겸허해져 얼마간 입을 닫았다. 때론 말의 능력보다 침묵이 가져다주는 성찰의 힘이 마음에 더 큰 울림이 되기도 함을 알게 된 것이다.

낚시의 미학은 사람에 따라 다를 수밖에 없지만, 최소한 내게는 물고기를 건져 올리는 데 대한 쾌감보다 기다림 속에 찾아드는 마음의 평정이 훨씬 크게 다가온 것인데, 그럴 땐 가끔 직침(直針)을 드리우고 세상에서 자신이 쓰이게 될 날을 기다렸다는 강태공의 일화를 그린 조어도(釣魚圖)를 떠올린다. 강태공은 굽은 바늘이 아니라 직침을 사용했으니 애당초 고기를 잡으려는 의도는 없었을 것이며 세상이 자기의 가치를 인정하고 불러 줄 날을 인내하기 위해 드리운 낚싯대에서 정치적 철학이나 이상, 치세(治世)의 꿈같은 것들이나 건져 올렸을 것이다. 나는 그런 야욕도 없거니와 정치하는 나라님이 불러 줄 깜냥도 아니니 강태공 흉내를 내는 것은 어불성설일 것이며 단지, 기다림의 미학 속에서 자꾸만 흔들려가는 마음이나 추스르고 하루살이처럼 무수히 날아드는 생각들을 가지런히 정리해볼 뿐이었다. 그런데 자꾸 낚시하다 보니 어쩌다 옆에서 큰 녀석들을 잡아 올리는 사람이 있으면 나도 이왕이면 제대로 해 보자는 생각이 슬그머니 들기 시작했다. 바로 저수지를 찾는 목적이 변하는 시점이었다.

요즘은 인터넷에 낚시 기술을 소개하는 영상들이 많이 올라와 있어 어렵지 않게 낚시 기술을 익힐 수 있었다. 기온이나 바람, 날씨, 장소에 따라 각기 다른 방식의 도구와 기술을 사용해야 효과적으로 고기를 잡아 올릴 수 있다. 그런데 아무것도 모른 채 매번 같은 방법으로 낚시질했으니 조과가 좋을 수도 없었을 터이고 근본적으로 고기잡이에 대한 욕심이 없었으니 어쩌면 내 초라한 낚시의 조과는 지극히 당연한 결과인지도 모른다.

반복해서 낚시 교육 영상을 보고 나니 자신이 붙었다. 그리고 영상에서 본 대로 적용해 보니 교육의 힘이 바로 느껴진다. 그래서 무엇이든 공부가 필요한 것이다. 전에는 빈 바구니로 돌아오는 날도 적지 않았으나 이젠 특별한 환경이 아니면 못 잡는 난 거의 없다. 더구나 너덧 마리씩 잡는 날도 많으니 그야말로 일취월장한 셈이고 이젠 숫제 초보 낚시꾼들에게 좀 아는 체할 만해진 것이다. 물론 다양한 도구와 미끼 같은 것들을 당연히 갖춰야 했다.

어느새 컨테이너 창고 한쪽에 낚시 도구들을 진열하는 곳이 생겼다. 찾기 쉽게 분류해 놓아야 쓰기에 편하기 때문이다. 아마 이때부터 아내의 잔소리가 시작되었을 것이다. 퇴근 후 한두 시간의 낚시질이나 창고에 진열한 낚시 도구들이 썩 마땅치 않은 눈치다. 어떤 날은 낚시 후 돌아오면 집안일에 신경 쓰지 않는다는 명분의 지청구가 날아오기도 한다. 배스가 아니라 붕어나 잉어를 낚는 사람들은 며칠씩 집을 나가 낚시하기도 하는데 그렇게 낚시에 몰두하다가는 집에서 쫓겨날 수도 있을 듯싶다. 그래도 이젠 낚시에 욕심이 생겨 민물의 제왕이라 부르는 힘센 가물치까지 잡아보리라는 목표가 생겼다. 낚시에 집중하다가도 때때로 물 아래 있는 미물과 머리싸움을 하는 내 모습이 우스워 실소가 나오는 때도 있으나 기왕에 시작했으니 나만의 은밀한 즐거움에 얼마간은 무작정 빠져 보리라.

제4부

뒤란의 기억

나 무

나무는 죽어서야 비로소 사람의 삶 가까이 다가온다.

몸에 누덕누덕 붙어있던 세월의 살비듬을 훌훌 벗고 매끈하게 몸을 다듬어서는, 마음을 토닥이는 한 줄 책이 되고 단란하게 가족을 모으는 식탁이 되고, 따스한 온기를 전하는 장작이 되기도 하며 힘겨운 걸음의 수고에 동행하는 지팡이가 되기도 한다. 그러므로 나무들의 생물학적 죽음은 존재의 결말이 아니라 다양하고 새로운 형태로 거듭나는 전환의 출발점이 된다는 면에서 소멸이 아닌 엄연한 재탄생이라고 보아야 옳을 것이다.

모든 살아 있는 것들의 마지막은 당연히 유기물로서 썩어지고 분해되어 다시 자연으로 환원되는 것이나 나무처럼 새롭고 가치 있는 피조물로 재 탄생 되어진다는 것은 인간의 관점에선 매우 높은 효용성을 가지는 것이다.

사람의 삶 가까운 곳에서 관리를 받는 분재나 정원수 같은 것은 그 모양새나 희귀성으로 가치를 인정받지만 인적이 없는 첩첩산중이나 산비탈에서 묵묵히 산을 지키는 나무는 베어져 여러 모양의 목재로 활용되거나 자연의 순리를 따라 썩어져 이웃으로 살던 나무들에게 보시(普施)를 실천하기도 한다. 그러므로 사람 가까이서 사랑을 받는 아름다운 나무나, 어느 여행길 차창 밖으로 문득 스친 푸르른 자연의 배경쯤으로 남아 있는 나무나 효용성을 떠나 자연의 일부로서 나름의 충분한 존재가치를 가지고 있다.

사람의 일상에서 사용되는 물건들의 물리적 소재가 플라스틱이나 철이 많은 부분을 차지한다고는 해도 살펴보면 나무만큼 폭넓게 사용되는 소재도 흔치 않다. 크게는 집 건축자재로부터 침대와 같은 가구, 심지어 작은 이쑤시개에 이르기까지 사람의 편의를 위한 것에는 거의 사용된다고 할 수 있다.

나무가 사람의 삶에 깊숙이 젖어 들 수 있었던 것은 다른 소재보다 가공하기가 쉽고 무엇보다 자연에서 그대로 얻어 올 수 있었기 때문이다. 때때로 나무로 짜 만든 전통 마루 모양의 거실 탁자를 손으로 천천히 쓰다듬어 보면 플라스틱이나 철로 만든 가구에서는 느낄 수 없는 미묘한 생명의 흔적 같은 것이 느껴진다. 어쩌면 그 느낌은 한때 같은 하늘 아래 공기를 마시며 삶을 공유했었다는 '살아 있었던 것'으로서의 동질감이나 연대감, 혹은 추억의 잔영일 지도 모른다. 그러나 석유화학으로 뽑아낸 플라스틱은 물질의 성질처럼 매우 다양한 형태의 생활용품들을 만들어냈으나 지금은 오히려 미세플라스틱이라는 복병이 되어 바다 생물들과 인간의 생존을 위협하고 있다. 이처럼 자연에서 온 것은 모든 순환의 과정들이 자연현상 일부가 되나 인위적이고 화학적인 것들은 반드시 인류가 고민해야 할 처리의 문제들을 남긴다.

나는 집을 지을 때 울타리와 창고의 선반과 식구들의 침대 같은 것을 직접 나무를 자르고 못질하여 만들었다. 목공 작업으로 나무를 자르거나 켤 때 덜 마른 나무에서 튕겨 나오는 신선한 톱밥 냄새를 무척 좋아한다. 톱밥 냄새는 무명의 땅에서 수십 년을 비바람과 혹한과 모진 더위를 인고하여 낸 나무가 빚어낸 삶의 이력이며 정제수와 같은 것이므로 '냄새'라는 단순 관능의 개념으로 부르기에는 분명 모자란 부분이 있어 나는 '향기'라고 불러야 옳을 것이라고 혼자 종종 생각한다.

척박한 곳이면 척박한 대로 강가나 푸른 초장 같은 곳이면 넉넉한 대로 나무의 뿌리는 힘껏 물을 빨아올리고 가지와 잎사귀까지 전달하며 그 생명 활동을 통하여 고유한 자기 삶의 이력을 냄새로 몸에 축적한다. 그렇듯 나무의 삶은 고단한 삶의 무게를 지고 묵묵히 살아가는 사람의 인생과 닮았기에, 녹록지 않다는 동질감만으로도 무언의 위로를 쏟아 내는 데는 친구가 되고 때로는 인내의 교훈이 되기도 하는 것이다.

겨울 숲에서

집을 팔로 감싸듯 둘러서 있는 둘레 산길은 지금 깊은 겨울잠에 빠져있다.

겨울 숲은 성성했던 지난 계절의 화관을 모두 떨구고 적나라한 나신의 관능으로 묵묵히 삭풍을 견딘다. 지난가을, 나무는 계절의 옷에 미런 없이 홀홀 벗어 버렸다. 잎을 떨어뜨리기 전 빼곡하던 수간은 어느새 헛헛해져 잎이 무성했던 숲은 완강한 원시의 모형으로 되돌아갔다. 그 원시의 나목들 사이로 시골 마을을 지나 산자락을 타고 올라온 바람들이 거칠 것 없이 매끄럽게 빠져나가며 산 능선을 넘는다. 특히 눈이 내린 겨울 산은 마치 난생처음 속살을 드러낸 처녀의 수줍은 몸처럼 구석구석이 훤히 드러나 산을 훑어가는 시선이 때때로 민망해질 때가 있다. 휑한 나목들 사이로 겨울바람이 지나는 소리는 무성했던 지난 추억들을 수런수런 이야기하는 것 같기도 하고 때로는 몸을 흔들며 우우— 속울음을 우는 것 같기도 하다.

겨울 숲에 서면, 나무들이 그러하듯 나 또한 난무하던 생각의 편린들이 낙엽처럼 우수수 떨어져 내리고 내면이 간결해진다. 나무들은 마치 동안거에 들어간 선승처럼 묵언으로 내면을 살피고 성찰하며 최소한의 생명 활동만으로 목숨을 부지한다. 혹은 생존이라는 본질 외에 그 어떤 것도 염두에 두지 않고 오로지 봄에 끌어올릴 수분과 대지의 기운과 만남을 준비하고 있을지도 모른다. 그러한 것들이 느껴질 때 겨울 숲의 나무들은 자못 신성해 보인다. 이렇듯 생존을 위한 간결하고도 명료한 의지가 어찌 신성하지 않으랴! 때문에 겨울 숲의 언어는 봄, 여름, 가을에 쏟아냈던 화려한 수사를 완강히 거부하고 어떠한 형용도 필요치 않은 완벽한 원형으로만 존재한다. 하여 겨울 숲속에서는 나도 덩달아 실어증을 앓는다. 그 속에서 언어는 단지 거추장스러운 치장에 지나지 않는다. 숲의 나무와 나는 엄연하게 마주하는 삶의 본질과 실존에 대한 공감으로 그 어떤 형언의 언어도 쏟아 낼 수 없는 것이다.

거리를 지나다가, 퇴근길에 버스를 타러 가는 남자들의 구부정한 직립보행에서, 혹은 시큼한 막걸리 냄새를 풍기며 집에 가져갈 붕어빵을 사는 노동자의 주름진 얼굴에서 겨울나무의 신성함을 보았다. 먹고산다는 것의 신성하고도 고독한 사명이 땀냄새와 어우러져 폐부에 스며올 때, 삶이라는 것을 누리는 생명체의 숙명을 가슴으로 아릿하게 공감하며 울컥 눈물겨워진다. 이 시대의 가장들도 아버지의 아버지로부터 대대로 전승되며 체득되어 온 삶이라는 영구 진행형인 과제를 안고 비탈에 선 겨울나무 같은 하루를 살다가 가정으로 돌아가고 있을 것이다. 그들도 한때 울창한 숲 같은 삶을 꿈꾸며 자기 계발에 힘을 기울였을 것이며 무수한 자양분을 끌어올려 성성했던 시절의 한때를 누리기도 하였을 것이다.

유독 겨울 거리에서 겨울나무의 고단함을 연상하게 되는 이유는 아마도 경직된 질감의 동질성 때문일 것이다. 나무의 표피는 겨울에 더 딱딱하게 느껴진다. 겨울철에는 뿌리로부터 수관부로 물을 끌어 올리는 뿌리압의 역할이 미미하므로 마치 건조한 피부처럼 거칠고 딱딱한 질감을 형성할 터이고, 추위에 긴장된 몸을 잔뜩 웅크린 채 주머니에 손을 찔러 넣은 굳은 표정으로 서 있는 사람의 감성적 질감 또한 경직되어 있다.

지금은 1월, 아직 계절은 겨울의 한가운데를 지나고 있다. 몇년 만의 추위가 이어지며 한파주의보가 발령되었다. 한파에 마음마저 결빙되지 않도록 따뜻한 다독임이 스스로 필요할 것 같다. 겨울 숲을 오르다가 야리야리한 몸으로 바람에 흔들리는 어린 관목들에 말한다.

"애들아! 한파주의보란다. 잘 견디고 있지?"

뒤란의 기억

내 유년의 뒤란은 은밀한 사색과 동화적 상상력으로 가득 찬 곳이었다.

고향에서는 '뒤안'이라는 이름으로 주로 불렸다. 아마도 '집 뒤에 있는 울타리의 안쪽'이라는 처소적(處所的) 명명법에 따른 정의였을 것이다.

남쪽을 향해 앉아 있는 주택의 앞마당은 볕이 잘 들고 늘 따사로웠다. 심지어 봄철은 느릿느릿한 노곤함이 툇마루로 스며오기도 했다. 마당 가장자리로는 기둥처럼 단단히 자리를 잡고 앉아 있던 모란 뒤로 분홍 장미와 쑥쑥 자라 고개를 숙이던 해바라기가 키 순서대로 자리를 잡았고, 그 뒤로는 담벼락을 넘나드는 감나무와 살구나무가 초병처럼 변방을 지켰다. 대문 입구로부터 마당까지 적당한 크기로 도열하고 있던 돌멩이들 뒤로는 노랗거나 빨간 홑 채송화가 피었고 그사이 어디쯤엔가 노란 가을 국화의 자리가 있어 가을이 되면 기품 있는 향기와 모양새로 드나드는 입구를 빛나게 했다. 앞마당은 그렇게 늘 무언가로 충일한 곳이었다. 그곳의 가을 풍경은 누렇게 익은 호박을 썰어

널어놓거나 바깥에서 추수해 온 곡식을 저장하기 위해 말리거나 감을 깎은 뒤 매달아 곶감을 만들거나 빨간 고추를 풍부한 햇살에 건조하는 것으로 일관되어 있었다. 그러한 앞마당의 계절적 변화는 대개 주기적인 규칙성을 가지고 있어서 늘 눈에 익은 풍경들이 윤회 되는 느낌이었다. 더구나 마당에서 바라보는 앞산도 늘 한결같은 모습으로 옷을 바꿔 입었으므로 때로는 풍경화 속에 서 있는 듯 착각이 들기도 하는 것이다.

앞마당의 각본 같은 모습에 비교해 뒤란은 늘 은밀하고 새로웠다. 가족들의 분주한 일상이 일어나는 앞마당과는 달리 시선이 적고 특별한 일이 없이는 잘 찾지 않는 곳이므로 '뒤란'이라는 단어부터 무언가 비밀스러움을 지닌 듯했다.

앞마당보다 햇살이 머무는 시간이 적거나 아예 입사각이 미치지 않는 추녀 안쪽은 빗물과 이슬 등으로 습기를 적당히 간직하고 있어 녹색의 이끼류들이 봉긋하게 모여 있었다. 솔이끼는 지붕 아래쪽 약간의 흙이 퇴적된 곳에 뿌리를 내리고 하늘을 향해 일어서 있으며 땅에서는 우산이끼나 물이끼와 같은 것들이 돌덩이 틈이나 추녀 아래 습기가 많은 곳을 선택해 뿌리를 내렸다. 낮고 도톰한 이끼의 암그루가 꽃대를 올리고 포자를 날리기 위해 준비하는 모습은 마치 접사(接寫) 사진처럼 가까이서 자세히 들여다보아야 알 수 있다. 뒤란 가운데 우뚝 솟아있던 굴뚝 옆은 내가 자주 앉아서 무언가를 관찰하거나 사색하던 곳이었는데, 특히 부엌에 불을 때는 계절에는 나무 연기 특유의 매캐함이 황토 냄새와 조화되어 곰삭은 그을음 냄새가 났으며, 흙과

돌을 쌓아 올린 기단부(基壇部)에는 따뜻한 온기가 돌아 좋아했던 곳이었다. 그곳에서 프로펠러 우산을 달고 하늘을 날아오르는 생각을 한다든지, 혹은 투명망토를 입고 거리를 활보하는 등의 엉뚱한 상상력으로 혼자만의 즐거움을 누렸으며 때로는 따뜻한 굴뚝 어간에 붙은 귀뚜라미나, 묵묵히 어디론가 향하여 느릿한 걸음을 걷는 두꺼비, 바지런히 달리다 갑자기 멈추어 선 생쥐의 새카맣고 천진난만한 눈과 마주치는 것이다. 뒤란은 그렇게 나에게는 간섭되지 않는 상상의 장소였으며 구속되지 않는 몰입의 장소였다. 때로 친구들과 어울려 부모님 몰래 성냥을 긋는 장난도 했었지만 대개 혼자 집 모퉁이를 돌아 뒤란을 찾아가곤 했다. 언젠가는 부모님께 꾸중을 들은 누나가 굴뚝 옆에 앉아서 훌쩍이는 것을 보기도 했다. 그러고 보면 뒤란은 가족 누구에게나 아늑한 위로의 장소이며 피정의 요새였을 것이다. 높은 언덕과 잇닿아 있던 뒤란의 가장자리에는 장독대가 있었다. 장독대는 해가 잘 드는 곳에 있어서 이끼와 같은 것은 찾아보기 어려웠다. 햇살 좋은 봄날에는 가끔 커다란 간장독을 안고 얼굴을 독에다 대어보곤 했는데 적당히 따뜻해진 독에서 농익은 간장 냄새가 났다. 어머니는 가끔 머리에 수건을 두른 채 장독 뚜껑과 하얀 면 보자기를 열고 숙성되고 있는 장들을 살펴보거나 휘저어 놓기도 하고 장독들을 반질반질하게 닦기도 했다. 장독대는 그 집의 음식 맛이 결정되는 바깥 주방과도 같은 곳이었다. 장을 담그는 때도 온갖 정성을 다하지만, 관리에도 적잖은 정성을 들였다. 내게는 그보다 숨바꼭질 놀이에서 술래 몰래 숨어드는 은신의 장소였다. 특히 커다란 된장과 간장독이 두 개

나란히 서 있던 서쪽 가장자리는 작은 몸을 숨기기에 더없이 알맞은 곳이었다. 내 유년의 상상력과 사물을 자세히 관찰하는 버릇은 아마도 뒤란에서 보낸 시간의 산물이었을 것이다. 그곳에서 본 사물들은 너무나 선명한 기억으로 남아 있어 가끔은 꿈속에서 재생되기도 한다. 지금은 도수 높은 안경을 끼고도 유년에 뒤란에서 무언가를 관찰했던 것만큼 선명하게 관찰할 수 없게 되었다. 눈앞에 한 겹 반투명의 장막이 있는 것처럼 희뿌옇게 느껴지는 것은 아마도 생물학적인 노화 현상 때문이겠지만, 어쩌면 세월 속에 소실되어 버린 순수의 퇴행 때문일지도 모른다는 생각이 든다.

아파트에서 아이들을 낳고 키우면서 때때로 토라져 방문을 잠그고 들어가는 아이들의 뒷모습을 보며 내 유년의 뒤란을 반추한다. 아이들은 격벽 같은 문을 닫는 소리와 딸각하는 잠금장치로 감정적 단절과 불편한 마음을 표출하고 들어가 버린다. 사방 네모진 벽에 갇힌 아이들의 날 세운 감정은 마치 반찬 없는 밥을 입에 넣은 것처럼 얼마나 느리고도 삭막하게 무디어지고 있을 것인가. 그리고 저물어가는 시간 조용히 뒤란으로 와서는 보듬듯 손을 이끌고 가던 어머니의 손길 같은 화해와 수용의 접근은, 안으로 걸어 잠근 아파트 방문 앞에서는 불가능하다. 집의 형태가 바뀌면서 감정적 소통의 길도 아파트 콘크리트의 강도만큼이나 경화되어 버린 것이다.

아파트 생활을 정리하고 시골에 집을 지으면서 얼마간의 뒤란을 위한 공간을 남겨두었지만, 휑하니 뒤가 트인 전원주택 뒤란에서는 옛날의 아늑함을 찾아내기는 쉽지 않다. 누구에게나 유년의 뒤란과도 같은 감정적 은신의 장소가 필요하다. 맘껏 상상하고 때로는 풀 먹인 듯 팽팽한 감정의 씨줄을 풀어놓고 무아의 자아를 찾고 또 때로는 우리 앞에 펼쳐진 일상의 환경들을 가만히 들여다보며 새로움을 발견하는 곳.

유년의 뒤란에서 풍기던 그런 은밀하고 음습(陰濕)한 기억의 냄새가 그립다.

서재에서 이덕무의 눈물을 만나다

입춘에 함박눈이 내린다.

입춘은 엄혹한 대한 추위와 눈이 녹아 물이 된다는 우수 사이에 있는 24절기 중 첫 절기로 우수, 경칩, 춘분으로 이어지며 봄의 깊이를 더해 가는 한 해의 출발점이 된다. 그러므로 음력으로는 입춘에 내리는 눈이 진정한 첫눈, 그러니까 서설(瑞雪)인 셈이다. 방송에서는 입춘인데도 눈이 내리고 춥다고 부산을 떨지만 사실상 입춘은 아직 겨울의 산그늘에서 완전히 벗어나지 못한 절기다. 그러니 입춘에 눈이 내리는 것이 그리 이상할 것도 없지만 그래도 봄을 지칭하는 춘(春) 자와 겨울을 상징하는 눈(雪)의 동행은 왠지 낯설다.

퇴근 후 작은 서재에 커튼을 열고 창문 밖으로 사락사락 내리는 밤눈을 내다본다. 잠시 내일 출근길에 대한 염려가 지나가고 이런저런 생각들이 눈송이처럼 떠올랐다가 명멸한다.

그중에도 오늘 지역에서 발생한 코로나 무더기 확진자 소식이 무겁게 가슴에 와닿는다. 뜻하지 않게 나도 두 번이나 자가 격리를 겪었으니, 대학 시절 공중 보건학에서나 배웠던 팬데믹(질병 대유행)을 의료 기술이 놀랍게 발전한 21세기에 내 삶 가까이서 이렇게 경험하게 되리라고는 예상하지 못했다. 코로나로 인한 비대면이 일상화되면서 사람들의 삶에도 변화들이 생기게 되었는데 그중에도 가족과 함께 집에 머무는 시간이 많아지면서 가구나 실내장식 등에 관심이 집중되어 관련 제품 판매가 많이 늘었다는 이야기를 들었다. 나 또한 집에 머무는 시간을 고민하다가 아버지가 쓰시던 방을 서재로 만들 생각을 했다. 그동안 소파에 기대거나 혹은 잠들기 전 침대에 앉아 책을 읽기도 했지만 혼자서 오롯이 책 읽기에 집중하려면 별도의 공간이 필요하리라는 생각도 있었고 또한 글 쓰는 작가 흉내를 내려면 서재라는 공간 정도의 사치는 필요하다고 느꼈기 때문이다. 책장을 옮기고 이방 저방에 흩어져 있던 책들을 모아 분야별로 꽂아 보니 제법 그럴싸하다. 거기다 얼마 전 이금자 시인을 만났을 때 보자기로 싸준 몇 권의 책들이 더해져 맛있게 차려진 푸짐한 음식상을 마주한 듯 아주 마음이 넉넉해졌다. 또, 편안하게 앉아 책 읽기에 집중하기 위해 1인용 소파를 중고로 사고 하얀 모자를 쓴 키 큰 조명 등도 설치했다. 이 정도면 학자의 품격 있는 서재는 아니어도 나름 소박하게 구색을 갖춘 서재가 되었다는 만족감에 혼자 주억거린다.

가족의 공유 공간인 집에서 나만을 위한 특별한 공간이 있다는 사실은 그 용도가 무엇이든 간에 여간 은밀하고도 즐거운 일이 아닐 수 없다. 그런 설렘이 있어 출근하면서도 공연히 서재문을 열어 휘둘러보고 나가기도 한다. 가족 공유의 공간인 거실과 나만의 공간인 서재는 문 하나를 사이에 두고 현실적 공간과 대척점에 있는 상상의 공간이 펼쳐지는 아주 이질적인 곳이 된다. 현실적 공간인 거실에는 아내의 소소한 잔소리와 이번 달 전기요금을 걱정하는 소리, 달그락거리는 밥 그릇 소리가 있고, 서재에는 헨리 데이비드 소로의 월든 호수와 음습하고 작은 통나무 오두막 풍경과 박완서 작가의 소박한 토종 꽃밭이 펼쳐지기도 하고, 보부상들의 땀 냄새가 스며있는 객주의 무대 외씨버선길이 아련히 열리기도 한다. 이렇듯 책 속에 녹아들어 그 시대의 상황 속을 거니는 시간은 내게 있어 팍팍한 일상으로부터의 특별한 외출과도 같은 것이다. 영화를 보며 상황에 몰입하고 감정이입이 되듯 작가가 써 놓은 행간을 거니는 시간 또한 낯선 경험과 호기심으로 다가와 체중처럼 묵직하게 가슴을 누르는 현실을 잠시 잊게 해 준다.

근간에 읽은 책 중에서 시대의 상황 속으로 깊이 나를 끌고 들어갔던 책은 안소영 작가의 '책만 보는 바보'이다. 이 책은 조선 후기 실학자 이덕무를 중심으로 그와 삶의 애환을 함께 나누었던 벗들의 이야기를 이덕무 관점에서 자전적으로 풀어 놓은 것이다.

서자(庶子)라는 시대의 신분 장벽에 막혀 양반도 상민도 아닌 회색지대에서 절망적 운명을 한탄하며 책을 읽는 것 외에는 아무것도 할 수 없었던 스물한 살의 젊은 선비는 '간서치전(책만 보는 바보 이야기)이라는 자서전으로 시대가 그어 놓은 신분제의 선을 넘지 못하는 자신의 막막한 심정을 조소하듯 바보로 묘사한 자화상을 그려냈다. 수많은 책을 읽어 학문을 쌓았으되 벼슬길로 나가 뜻을 펼치거나 가족을 부양하는 가장의 역할을 할 수 없었던 그의 처지는, 대학이라는 최고의 상위 교육기관에서 공부했으나 좁은 바늘구멍 같은 취업난의 시대를 관통하지 못해 절망하는 이 땅의 젊은이들을 연상케 했고, 연봉이라는 견고한 틀 속에서 마치 하늘이 머리 위로 바짝 내려앉은 것처럼 갑갑했던 내 젊은 날의 삶 또한 회상케 했다.

조선조의 경제 상황과 지금의 경제 상황을 같은 저울에 얹고 비교하는 것은 분명 모순이 있겠으나 상대적 부와 빈곤의 상황은 시대를 막론하고 언제나 존재하는 법이다. 권력의 길에서 멀어져 백성들의 궁핍함을 함께 나누었기에 옛 성현들의 말씀인 논어, 맹자, 대학, 중용을 학문으로만 읽는 데 그치지 않고, 어떻게 적용하여야 백성이 배부르고 잘 사는 나라를 만들 수 있을지를 고민하고 연구했던 이덕무와 그의 벗들은 후일에 실학파(북학의)를 형성하였으며 '서자'라는 무겁고도 암울했던 평생의 그늘에서 벗어나 정조 때 관리로 등용이 되면서 그들이 그토록 염원했던, 백성이 잘사는 나라를 만드는 데 힘을 다한다. 그러나 그들이 초야에 묻혀 지극히 가난한 선비로 살아야 했던 시절에 겪었던 궁핍과 배고픔, 앙상하게 말라가는 아이들을 무력하게 보아야만 했던 가장으로서의 절망감은 때로는 나의 일인 듯, 때로는 이 시대를 살아가는 서민들의 일인 듯 명치끝에서 아릿하게 공감되어 졌다.

책을 너무나 좋아했으나 읽을 공간이 없었던 이덕무를 위하여 고만고만한 형편의 벗들이 십시일반 아끼는 책을 팔아서 지어준 작은 서재에서 해가 드는 창을 따라 이리저리 책상을 옮겨가며 책을 읽었던 이덕무를 가만히 상상하는데 어디선가 문득, 가느다란 흐느낌이 들려오는 듯했다. 처음에는 봄바람에 떨어지는 꽃잎의 흔들림처럼 가늘었다가 이내 수런거리는 이파리의 흔들림 같이 증폭되는 그 소리 속에서 나는 이덕무와 백탑 아래에서 우정을 나누었던 북학파 친구들만의 공유된 슬픔의 커다란 묶음을 생생하게 듣고 있었다. 평생 이 만 여권의 책을 읽은 선비의 정제된 품성으로 가슴 밑바닥에서 솟아오르는 서글픔에도 애써 의연함을 가장했었는지, 아니면 가족들이 없는 공부방에서 막막한 현실의 답답함에 혼자서 남루한 책상을 부여잡고 회한의 눈물을 흘렸는지는 알 수 없지만 어쩐지 고독한 마음의 눈물과 흐느낌이 읽고 읽어 두꺼워진 책 사이사이로 눅눅하게 스며들었을 것만 같은 느낌을 받은 것이다.

삼백여 년의 시간을 넘어 내 작은 서재에서 다시 깊이 공감되는 이 슬픔의 본질은 무엇일까?

나만의 이 작은 서재에서 오래오래 그 눈물에 대한 공감의 실체를 더듬어 보게 될 것 같은 입춘이다.

겨울나기

　올겨울 날씨에는 삼한사온의 절묘한 순리가 적용되지 않았다.

　적당한 긴장과 이완이 반복되며 냉탕 온탕을 왕래하듯 지나가는 것이 겨울 날씨의 묘미일 터인데 근 열흘이 넘도록 한파가 계속되면서 순환의 리듬은 사라지고 나라 전체가 꽁꽁 얼어 그야말로 겨울왕국이 되어버렸다. 자료를 찾아보니 1960년대나 1981년의 겨울은 올겨울보다 훨씬 추웠다는데 유독 이번 겨울이 더 힘겹게 느껴지는 것은 근 열흘이 넘도록 쉼 없이 몰아친 찬 기운 때문이었을 것이다. 더구나 날씨 때문인지 올겨울은 대형 화재가 자주 발생하여 많은 사람이 화마에 희생되었다. 심심찮게 발생하는 대형 화재 사고가 안일하고 불분명한 국가 기강이나 재난 안전 시스템과 인과 관계가 있는 것은 아닌지 공연히 우려되고, 추운 날씨에 안타까운 소식까지 겹쳐 겨울나기가 더 팍팍하게 느껴진다.

　이런 대형재난이나 자연재해를 대할 때, 원시시대나 과학이 발달한 지금이나 공히 인간이 지배하지 못하는 영역이 있어 새삼 인간의 한계성과 연약함을 실감케 한다. 그러고 보면, 인간이 자연의 지배자가 아니라 자연이라는 유기체 일부분임을 명확하게 하는 반증이리라. 옛날보다 주택의 단열, 난방기구, 방한복 등 추위를 막아 줄 도구들은 발달하여 훨씬 겨울나기가 수월해지기는 하였으나 자연현상으로 밀려오는 찬 기운까지 막아 내지는 못하기 때문이다.

농업도 예외는 아니어서 관수시설이 발전하였다고 해도 하늘에서 비나 눈이 내려 적당한 저수율이 확보되지 않으면 농민들은 그저 하늘만 쳐다볼 수밖에 없다. 올겨울은 눈이 많이 내리지 않아 농민들은 벌써 봄 가뭄 걱정에 마음이 타들어 간다. 우르르 내리는 비보다는 천천히 녹으며 대지에 젖어 드는 눈이 훨씬 더 겨울 가뭄 해소에 도움이 된다는 사실을 나도 이곳 마을 농사꾼에게 듣고서야 알았다.

첨단의 과학 문명 시대인 지금에도 모진 가뭄에는 지푸라기라도 잡는 심정으로 기우제가 행해지기도 한다. 그렇듯, 자연의 움직임은 배척하거나 지배할 수 없으므로 자연이 베풀지 않을 때는 그저 지혜롭게 견디며 지나야 하는 것이 자연의 일부인 사람의 마땅한 처신일 것이다.

아파트에 살다가 산골로 집을 지어 들어온 지 햇수로 4년째이고 세 번째 겨울을 나고 있다. 가끔 폭설로 차가 움직일 수 없어 고립되는 일도 있었으나 처음 겪는 산중 생활에서는 고립의 경험도 색다른 즐거움이었다. 그러나 산골의 겨울나기에는 감당해야 할 수고로움도 적지 않다. 겨울이 오기 전 바깥 수도가 얼지 않게 보온재로 싸매주어야 하고, 겨울을 나는 정원수들도 돌아보아야 하고, 난방유는 충분히 남았는지를 살펴야 한다. 그고 일주일에 두 번 정도는 거실 난로에 넣을 펠릿 연료 포대를 창고에서 들여와야 한다. 무엇보다 우리와 같은 생명으로 겨울을 나야 할 바깥 강아지들의 보온에도 신경을 써야 한다. 본래는 집 안에서 살아야 할 비글 두 마리(풍운이, 다니엘)는 문이 없는 강아지 집에서 보온자재와 옷가지들에 기대어 오롯이 겨울을 견뎌야 하므로 특히 신경을 써야 하고, 노출된 주차장에서는 밤새 차 유리가 성에로 꽁꽁 얼어 밤마다 덮개를 덮어 주어야 한다. 그러므로 시골 생활은 얼마간의 불편함을 기꺼이 감수할 수 있어야 하고 불편함을 즐길 줄 알아야 살맛이 난다.

아무르강에 대한 다큐멘터리를 아내와 함께 TV에서 보았다. 극한의 겨울을 나는 아무르강 주변 원주민들이 척박한 환경 속에서 강과 함께 일생을 살아가는 것을 보면서 겨울나기에 대한 마음을 조금은 다르게 가지게 되었다. 삶의 터전이 되기도 하고 때로는 냉혹한 죽음이 도사리기도 하는 아무르강에서 그들은 대대로 고기잡이를 하고, 순록과 함께 목초지를 찾아다니는 유목 생활을 하고 있었다. 10월부터 4월까지 얼어붙는 혹한의 땅을 사는 사람들의 일상은 절대 녹록지 않아 보였다.

몽골에서 발원하여 중국과 러시아를 거쳐 마침내 하바롭스크에 이르는 냉혹한 동토의 추위를 이기며 살아가는 아무르 강가 사람들의 생활방식은, 약속이나 한 듯 자연환경에 순응하며 묵묵히 혹한을 그들의 방식대로 숙명처럼 받아들이고 있었다. 그들의 겨울나기에 비하면, 상대적으로 우리가 겪는 이번 겨울의 혹한은 아마도 엄살에 지나지 않을 것이다.

그렇다! 며칠 남지 않은 막바지 추위에 곧 얼어 죽을 것처럼 호들갑 떨지 말자. 나보다 더 힘든 겨울을 나는 이들이 있음을 기억할 것이며, 뼛속까지 시린 날들 속에서도 봄은 대지 아래서 그 기운을 키워나가고 있을 것이므로…….

다만, 우리나라에서 두 번째로 열리는 역사적인 평창 동계 올림픽에 맹추위가 방해꾼이 되지 않기를 바랄 뿐이다.

눈빛의 은유

저녁 무렵, 시내로 나가는 고갯마루를 넘다가 수척하게 서 있는 겨울 굴참나무 사이로 막 기울어가는 붉은 태양을 만났다. 차창 밖으로 보이는 태양은 미세하게 흔들리던 그녀의 큰 눈동자를 닮아 있었다. 흰자위 사이로 가늘게 퍼져있던 핏발 때문이었는지 크고 순한 눈망울 때문이었는지는 알 수 없지만 붉게 기울어가는 태양에 문득 그녀의 흔들리던 눈빛이 오버랩 된 것이다. 겸손하였고 함부로 감정을 싣지 않아 늘 신중함이 느껴졌던 그녀의 눈빛.

결코, 자주 대면하는 사이가 아니었음에도 그의 눈동자에서 몇 번, 낯설고 특별한 감정들이 읽히곤 했다. 삶의 곡절을 지나고 있다는 풍문이 들려오는 지금, 그녀를 향한 아릿한 연민이 느껴지는 것은 신중한 눈빛 속에서 느껴졌던 어느 날의 작은 흔들림 때문이었을까?

눈으로 말을 한다는 것은 이미 일반화되고 모두가 공감하는 감정전달 방식이다. 눈에는 그 사람의 감정이 담겨 있을 뿐만 아니라 눈빛은 때로 언어보다 더 강한 메시지와 호소력과 전달력을 갖는다. 그리고 누군가에 대한 아련한 기억들은 대개 마음 속에 눈빛으로 남는다. 그런 이유에서 눈을 마음의 창이라고 의미 확장을 하였을 것이다. 눈의 아름다움은 곧잘 내면적 아름다움으로 치환될 수 있으므로 가장 빈번하게 성형을 하는 부위가 바로 눈이 아닌가 싶다. (안타깝게도 눈을 성형해도 내면이 함께 성형되지는 않는다) 또한 사람을 대할 때 가장 먼저 눈을 맞추는 것은 의사 교환의 상대로 당신을 인정한다는 의미이며 상대의 감정 상태를 빠르게 읽어가는 본능적 행위이다. 불편한 상대와는 눈을 맞추고 싶지 않은 것은 지극히 당연한 것이어서 시선을 외면하기 시작하면 마음의 거리도 점점 멀어지게 된다.

크고 선한 눈은 쉬이 호감이 간다. 어쩐지 그의 성격도 서글서글하며 포용성이 넓을 것 같다.

맑은 눈동자는 아름답기도 하거니와 사람을 흡인하는 능력을 갖춘다. 시쳇말로 빨려 들어갈 것 같기도 하고, 그것이 이성의 눈동자라면 호수 같은 눈동자에 풍덩 빠져 유영하고 싶기도 할 것이다. 아기들의 눈동자는 까맣다. 그 까만 눈동자에는 세상의 어느 것에도 편협하지 않은 시원의 순수가 들어있다. 갓난아기의 눈동자를 시간이 가는 줄도 모르고 들여다보게 되는 이유도 아기의 눈동자 속에 깃든 순수의 이끌림 때문이다. 우리 아이들이 어렸을 때, 혼을 내려고 앉혀 두었다가 천진난만한 눈동자를 보고는 그만 픽— 웃음이 나와 그냥 지나간 적도 종종 있었다.

불행히도 나는 아버지의 크고 멋진 눈을 닮지 못했다. 많은 남매 중에 아버지의 눈을 빼닮은 넷째 누나를 제외하면 나머지는 쌍꺼풀이 없는 전형적인 아시아인의 눈들이다. 그나마 몽골리안이 가지는 공통적인 인폴드(바깥에서 안으로 반쯤 생기는 쌍꺼풀) 쌍꺼풀이 있기는 하나, 나는 눈의 크기 또한 작아서 그마저도 보이지도 않는다. 그런 이유로 내 눈은 단 한 번도 자부심을 얻지 못한 채 수십 년 동안 몸의 척후병 역할을 하고 있다. 눈은 내게 늘 콤플렉스 중의 하나였다. 지금은 나이를 먹어 외모로 남에게 호감을 주어야 한다는 부담이 거의 없어졌지만, 그래도 아버지의 시원시원한 눈 유전자를 물려받지 못한 것을 늘 애통해한다.

조선조 신윤복의 그림 미인도에 등장하는 미인은 오늘날 미인의 기준과는 좀 다른 외모를 가지고 있다. 작고 도톰한 입술에 얼굴 모양도 살이 알맞게 오른 달걀 모양인 데다 결정적으로 눈이 가늘고 쌍꺼풀이 없다. 얼굴을 약간 숙인 채 살짝 치켜뜬 눈은 졸린 눈 같기도 하고 뇌쇄적인 매력으로 남성들을 홀리는 것 같기도 하며 다소 몽환적으로 보이기도 한다. 그러나 그녀가 현시대에 존재하는 여성이었다면 아마도 양쪽 턱을 깎아 모난 계란형으로 얼굴을 작게 만들고 쌍꺼풀로 크고 시원한 눈을 만들어 서구적 미인으로 개량하였을 것이다. 결국, 옛 선조들이 흠모하여 애간장을 태웠을 고전적 미인의 아름다움은, 점차 시대를 지나오며 이젠 '참하다'라는 보편적인 호감 정도로 그냥 위축되어 버렸다.

눈의 크기만 중요한 것이 아니라 눈동자도 외형에 못지않게 아름다움에 관여한다. 같은 황색의 눈동자라 할지라도 투명도의 차이를 가진다. 여러 가지 기전들이 작용하겠지만 어떤 이는 눈동자가 맑고 반짝거려 아침 이슬처럼 신선하다. 이런 눈동자를 마주하면 영혼이 투명해지며 생기가 돈다. 반면에 눈의 흰자위가 탁하며 홍채도 흐릿하여 기력이 다한 것 같은 눈동자도 있다. 이런 눈동자에는 고뇌에 지친 영혼이 느껴져 공연히 서글퍼진다.

우리는 거의 황색의 눈동자를 가지고 있으나, 인종에 따라 다른 빛깔의 눈동자들도 존재한다. 브라운이나 옐로우, 블루, 그린 칼라의 눈동자를 가진 민족들도 있다. 멜라닌 색소의 결핍으로 특정 계열의 빛을 많이 반사하여 생기는 알비노들도 있거니와 북유럽이나 중앙아시아 쪽에서는 그린 칼라의 눈빛을 가진 사람들도 많이 있다. 요즘은 특이한 인공 렌즈를 착용하여 독특한 눈동자로 자신의 이미지를 연출하는 젊은 여성들이 많아졌다.

내가 아는 한의사는, 여성들의 화장이나 렌즈 때문에 한방의 진료 방법의 하나인 시진(視診)— 눈으로 환자의 여러 부위 병색을 살피는 것 — 이 어려워졌다는 푸념을 했다. 그러나 눈의 크기나 눈동자에 그 사람의 내면이 모두 투사(透寫)된다는 말은 약간 모순이 있다. 내가 경험한 바에 의하면 사람의 눈빛이 내면과 동일시되는 경우들이 일반적이긴 하였으나 꼭 그렇지는 않았다. 작은 눈을 가진 사람 중에도 호탕하여 대하기에 거리낌이 없는 이들이 적지 않았고, 흐린 눈동자를 가진 사람 중에도 맑고 순수한 사람들이 있었다. 영업직에 몸을 담고 많은 사람을 만날 때, 업무적으로 만나는 사람들의 눈과 눈동자를 살피며 그 사람의 성향이나 감정 상태를 가늠하는 것에 집중하였고, 그 느낌을 바탕으로 각기 다른 영업 상담 방법을 적용하곤 했다. 물론 그 방법에는 적지 않은 효과가 있었다.

　나는 대화를 할 때 상대의 눈을 찬찬히 살피는 편이다.

　사람의 눈 속에는 말과 행동으로 풀어 놓지 못하는 마음의 알레고리가 있다. 그래서 눈빛의 은유는 말보다 더 진정성을 갖는지도 모른다. 우리가 누군가의 마음속으로 들어갈 수 있는 통로가 있다면 아마도 그것은 홍채의 한 가운데 섬처럼 놓여있는 검은 눈동자를 통해서 일 것이다. 내가 만일 그녀의 눈동자 속으로 들어가 덤불처럼 성긴 내면을 살필 수 있었다면, 생채기를 오래 다독이며 따뜻하게 위로해주었을 것이다.

　서쪽으로 기울어가는 붉은 태양에 마음이 눅눅해진다.

내포, 그 삶의 언저리에서

사방 어느 곳을 보아도, 수백 미터 안에 엄숙하게 푸른 산들이 어깨를 나란히 하고 울타리처럼 앉아 있던 산촌!

기지개를 켜고 일어나는 봄바람이 송홧가루를 노랗게 날리는 때나, 한여름의 태풍이 거칠게 천지를 흔들거나, 냉랭한 겨울의 높새바람이 수척해진 나뭇가지들을 휘휘— 흔들어 놓는 때를 제외하고는 정물처럼 멈추어져 있는 산촌의 풍경은 늘 적요했다. 그곳에서 유년 시절을 보냈던 소년의 첫 번째 꿈은 대양을 누비는 큰 배의 선장이었다. 하늘을 보아야 가장 넓은 세상을 볼 수 있었던 소년에게 바다는 새로운 세계에 대한 가장 친숙한 동경의 대상이었다. 풀밭에 누워 파란 하늘에 떠다니는 큰 구름을 보며, 드넓은 바다를 진중하게 항해하는 배의 항해사가 된 듯 방향타를 천천히 돌리는 흉내를 내곤 했다. 온갖 현란한 빛깔들로 반짝이는 도시의 조명들보다 더 나를 동경하게 했던 바다의 매력은 아마도 내 시선을 제지하지 않고 끝없이 펼쳐지는 광활함이었을 것이다.

내가 태어나기도 전 출가한 큰 누님댁으로 어머니와 단둘이 나들이를 가던 날, 난생처음 차창 밖으로 보았던 동해는 경이로움 그 자체였다. 자로 선을 그어 놓은 듯, 긴 수평선이 바닷가 산들 사이로 감추어졌다 다시 나타날 때마다 어린 나는 탄성을 질렀다. 작은 호수처럼 잔잔한 산촌과 끝없이 펼쳐진 바다의 대비는 어린 나를 들뜨게 하기에 부족하지 않았다. 금방이라도 일어설 듯 밀려와서 하얗게 부서지는 파도의 격정 또한 정물처럼 멈추어진 산촌에서는 볼 수 없는 놀라운 역동성을 느끼게 했다. 달의 만유인력, 바닷물 온도와 밀도 차이, 혹은 중력 때문이라는 등의 과학적인 이유를 배우기 전까지, 스스로 일어서서 장렬하게 달려와 포말로 산산이 흩어지는 파도의 자행성(自行性)은 바다가 살아 있는 거대한 생명체임을 확신케 하는 놀라운 현상이었다.

근 40여 년의 세월이 흐른 후에야 삶의 조류를 따라 서해의 끝자락인 당진으로 흘러오게 되었다. 서해는 코발트색 물감을 뿌려 놓은 듯했던 동해 바다와는 사뭇 다른 모습이었고 갯벌에 조용히 엎드린 채 배밀이를 하는 아기처럼 느릿하게 일렁이는 바다는 수척한 얼굴의 회색빛으로 잔잔했다. 동해 바닷가 사람들이 쏟아내는 사투리 같은 격렬한 파도는 없다. 서해는 함부로 요동하지 않으며 느긋하고 차분하다. 다만 하루에 두 번, 시위하듯 잔뜩 몸집을 부풀린 채 육지를 덮칠 듯 밀물로 차오른다. 그러나 그것은 서해의 피상적인 얼굴이다. 바다는 다만 느긋하게 태연함을 가장하고 있을 뿐이다. 이 묵묵한 바다의 이미지와는 다르게 서해 대교를 사이에 둔 당진과 평택은 국내 최대 규모의 철강 클러스터와 거대한 공단, 자동차 수출입의 중심지인 평택항만을 품고 있어 산업과 해양물류 규모에서는 괄목할 만한 장소이다. 이곳에서 남양만을 거쳐 수많은 철강재와 자동차 수출입을 담당하는 큰 배들이 드나든다. 그뿐만 아니라, 연안을 따라 화력발전소와 LNG 기지가 있어 이곳은 마치 우리나라 산업의 심장부와도 같은 곳이다. 동쪽의 삽교천 방조제와 아산만 방조제 아래쪽으로부터 시작되는 내만은 당진— 평택 앞바다와 남양만을 거쳐 가까이는 중국으로, 멀리는 북아메리카와 유럽으로 항해하는 대형 선박들의 자궁과도 같은 곳이다. 아기가 자궁에서 태어나듯 이곳에서 생산된 재화가 내만을 빠져나와 부강의 꿈을 싣고 출항한다. 그러나 산업화 이전의 이곳은 지금과는 사뭇 다른 모습이었다.

키 낮은 언덕과 들판이 펼쳐지며, 작은 하천들이 바다와 만나고 있는 이곳 해안 연안 지역을 내포(內浦)라 부른다. 지형적 여건으로 수로를 이용하여 바다로 나와 생선과 소금, 그리고 인근에서 자란 곡물을 다른 지방으로 내다 파는 상업이 발달했던 내포는 해안의 굴곡이 심한 삽교천 주위에 가장 발달하였다. 국가에 의한 대규모 해안 간척이 이루어지기 전까지는 내포 곳곳을 작은 목선들이 드나들며 고단했던 세월을 운반했을 것이다. 오래도록 대물림되어 오던 갯벌과 작은 포구와 바다를 막아 쌀을 구할 농토를 만들고, 공장을 지어 가난의 굴레를 벗어나기를 그토록 열망했던 사람들!

내포(內浦)에서 자란 그 꿈들이 이제는 그렇게 웅장한 모습으로 바다를 건넌다.

충청도와 경기도를 연결하는 서해대교 아래 있는 한진 포구는 비릿한 어촌의 삶과 24시간 불을 밝히고 돌아가는 공장들이 어색하게 공존하는 곳이다. 선사 이래로 여전히 바다에 기대어 고기를 잡아 올리는 어민들의 삶이 지속되는 갯마을 뒤편 공단에는 재무제표와 손익계산서 같은 숫자를 위해 쿵쾅거리며 쉼 없이 달려가는 공장 노동자들의 삶이 불을 밝히고 있다. 공단 앞 방파제에는 한낮에도 바다를 향해 무심히 낚싯대를 던지는 사람들이 곳곳에 보인다.

이 공단에서 일한다는 아직 앳된 얼굴의 베트남 청년 둘은 바다에서 팔뚝만 한 숭어를 잘도 건져 올린다. 흰 이빨을 환하게 드러내며 웃는 그들은 어쩌면 밤마다 남태평양의 해류를 유영하여 고향 메콩강으로 돌아가는 꿈을 꾸는지도 모른다.

전에 포항에서 배를 탔다는 중년의 사내는 새우깡에 소주한 병을 옆에 놓고 낚시에는 무관심한 듯 멀리 평택항 쪽을 무심히 바라보고 있다. 가족들은 모두 그곳에 두고 혼자 이곳으로 왔다는 사내의 굵고 퉁명한 목소리는 동해 바다로 통통거리며 출항하는 고독한 뱃고동 소리를 닮아 있었고 왠지 그의 지난 이력이 고단하게 유추된다.

물이 빠지고 난 후의 서해 갯벌은 마치 질펀하게 주저앉은 여인의 광목 치맛자락처럼 생애의 질긴 습성이 배어 있는 듯하고 움푹한 갯골을 따라서 오랜 시간의 전설들이 늘 오르내리고 있다.

아버지의 시간

아흔셋!

노구의 아버지는 느린 시간의 흐름을 때때로 지루해 하신다.

새벽 예배를 가기 위해 일어나 아버지의 방 옆을 지날 때, 창문 너머로 프리미어 리그 축구 중계나 뜬금없는 홈쇼핑 방송을 켜 놓은 채 모로 누워 잠자리에 드신 아버지의 얇아진 몸피를 보며, 나는 아버지의 지루한 잉여 시간에 대해 서글픔을 공감한다. 얕은 수면과 전립선 지병으로 인해 자주 잠에서 깨어나야 하니 다시 잠들 때까지의 적요한 시간을 TV와 함께 보낼 것이다. 일방적 정보전달 기계인 TV 앞에 우두커니 앉아 있는 아버지의 모습은 내게 늘 서글픈 비애를 먼저 느끼게 한다. 혹은 때때로 내 차의 옆자리에 앉아 스치는 풍경들을 보다가 무심코 툭 던지는 '세월이 지겹다'라는 말씀은 물리적 시간의 속도보다, 엿가락처럼 늘어지게 느끼는 삶의 지루함을 대변하는 것이리라.

내 유년 시절에 아버지는 젊었고 산 같았다. 훤칠하게 큰 키와 서구적 외모의 단단한 몸은 힘의 상징이었고 삶을 밀어내듯 돌파하는 저돌적인 힘이 느껴졌었다. 그 거산(巨山)의 그늘에 철들 때까지도 아무런 근심 없이 아버지를 향한 절대적 신뢰 아래에서 자라났다. 그러나 아버지가 달려온 시간은 온전히 자신의 몸을 희생해서 가족들을 부양해 온 가시고기와 같은 삶이었음을, 어느덧 가장으로 사는 내 연륜이 깨닫게 해 주었다. 워낙에 훤칠했던 아버지에 비해 외모나 키, 어느 것 하나 닿을 수 없었던 나는 성장기부터 지금까지 아버지에 못 미친다는 소리를 늘 들으며 살아왔다. 외탁의 영향이 적지 않았겠지만 나 또한 외형상 아버지의 유전인자를 많이 받지 못한 것을 늘 통탄한다. 실상은 외모뿐 아니라 의지력이나 품성, 가족들을 향한 희생정신까지 어느 것 하나 내가 닿을 수 없는 경지에 아버지가 있음을 잘 알고 있다. 그러나 지금, 아혼을 넘긴 아버지는 아이처럼 작아져 버렸다.

육체적으로 강인하고 완고했던 어깨는 쇠락하여 구부정한 노인 되었고 반듯하고 날카롭던 직관력은 흐트러져 종종 이해하기 힘든 행동을 하실 때도 있다. 때로 아들 내외를 도와주기 위해 하시는 일들도 따로 뒷수습해야 할 만큼 말끔하지 못하다. 거기다 육체의 기능들도 미약해져 전쟁 후유증으로 앓게 된 난청으로 인해 보청기를 뽑으시면 목청에 힘을 주어야 겨우 들으신다. 그리고 원초적인 생리 현상들에 대한 불편함을 호소할 때마다 아버지의 늙음은 내 슬픔이 되고 인간의 삶 전체를 향한 비애로 곧잘 전이되기도 한다. 때때로 그러한 아버지의 육체적, 정신적 변화를 인정하고 수용하기가 어려운 일도 있다. 그러한 것에 대한 이해와 수용은 아들인 나보다는 며느리인 내 아내에게는 더욱 매우 어려운 일일 수도 있을 것이다. 사회적으로도, 늘어난 노인들의 숫자로 인해 연륜에 대한 존경심보다는 여러 가지 사회문제 중 하나로 보는 시각이 편만해졌다.

나는 내 아버지의 지난 시간이 존중받지 못한다고 느낄 때, 스스로에 대한 경책과 충분히 배려하지 못하는 가족에 대한 실망, 사회적 인식의 부당함에 깊이 상심한다.

그것은 오롯이 내 아버지의 늙음과 연륜에 대한 나의 의견이기는 하지만, 어디 내 아버지뿐이랴! 아버지의 시대를 살아온 모든 부모님의 수고와 희생이 늙고 쇠락함에 희석되어 그저 '불편함'이나 경제적으로 생산성 없는 '잉여집단'쯤으로 인식되는 것에 대한 마음의 불편이 응어리져 좀처럼 용해되지 않는다.

쉰 고개를 넘으며 조금씩 체감하는 나의 신체적 활동력에서 내 생애의 사이클이 늙음을 향해 느린 걸음을 하고 있음을 조심스럽게 예견한다. 그 누구도 예외가 될 수 없는 생로병사의 여정을 조금 더 뒤에서 걸어가는 이들이 앞선 이들이 겪었을 인생의 수고에 대해 경의를 표할 수 있기를 그저 바랄 뿐이다.

* 아버지는 2021년 98세를 한 달 앞두고 소천하셨다.

어쩌다 휴가

　살다 보면, 막연한 기대나 불안이 우리의 일상에 현실로 불쑥 찾아오는 일이 더러 있다.

　별 기대 없이 사 놓은 복권이 덜컥 당첨되는 것 같은 요행이야 아무리 찾아와도 늘 즐겁겠지만 살다 보면 안타깝게도 그런 요행은 많지 않고, 오히려 오지 않았으면 싶은 일이 예고 없이 들이닥쳐 그야말로 날벼락을 맞은 일이 더 많다고 느껴지는 건 요행보다 불행의 여파가 훨씬 큰 파장으로 현실에 와닿기 때문일 것이다.

　지인 중에는 식구들과 함께 나들이하듯 가벼운 마음으로 간 건강검진에서 암 선고를 받아 오랫동안 힘겨운 싸움을 하고 회복된 이가 있다. 사람의 일생에서 그런 청천벽력 같은 상황을 만나지 않고 그저 물 흐르듯 잔잔하게 세상 소풍을 다녀가는 사람만큼 행복한 사람이 또 있을까 싶지만, 생로병사의 길은 누구에게나 공평하게 열려 있는 길이기에 그 또한 삶의 일부로 받아들여야 할 것이다.

코로나 유행이 만연해지면서 사람을 많이 만나야 하는 내 직업의 특성상 언제 어디서 감염자와 접촉하게 될지도 모른다는 불안감이 늘 그림자처럼 따라다녔다. 그러니 사람을 만나도 조심스러웠고 또 상대편에서 나의 방문을 마뜩잖게 여기는 눈치도 많이 받았지만, 그러나 어쩌랴 영업을 밥벌이로 하려면 그런 박대쯤에는 무덤덤해져야 한다. 그러다 며칠 전 업무상 접촉한 고객이 코로나 양성반응(확진)이 되면서 졸지에 밀착 접촉자가 된 나도 즉시 검사를 받아야 했다. 다음 날 오전에 바로 음성 판정받았으나 잠복기를 고려하여 2주간의 자가 격리 조치를 받았다. 이전에도 두 번의 자가 격리를 겪었지만, 순전히 예방적 차원에서 스스로 택한 것이었고 이번에는 행정적으로 명을 받아 통제된 격리에 들어가게 된 것이라 화닥닥 들이닥친 돌풍처럼 적잖이 당황스러웠다. 행정관청에서 관리할 수 있는 자가 격리 앱을 깔고 하루에 두 번 증상을 자가 진단하여 보고하는 것 외에 특별한 불편은 없었다. 그래도 말 그대로 자가 격리라 집 안에서도 다른 식구들과도 완전히 격리된 생활을 해야 하고 증상이 없더라도 밖을 나다닐 수 없다는 게 여간 답답한 일이 아닐 수 없었다. 시골 단독 주택이라 현관문을 열면 뜰이 있고 자연 풍광이 펼쳐져 있으니 집 경계 밖으로 나갈 수 없다는 것만 제외하면 아파트에서 자가 격리를 겪어야 하는 사람들보다는 훨씬 수월하다는 게 그나마 위로가 되었다.

아무튼 어쩌다 2주간의 휴가를 얻은 셈이 됐다. 그러잖아도 몇 년 쉬다가 새로 시작한 일이 시스템도 좀 낯설고 놓았던 일을 다시 시작하려니 적응의 어려움도 있고, 고객관리에서도 적잖은 스트레스가 쌓여 업무 피로도가 높아진 차에, 넘어진 김에 쉬어간다는 옛말처럼 이참에 머리도 좀 식히고 여러모로 추스를 필요도 있다고 긍정적으로 현실을 받아들이기로 했다.

어쩌다 얻게 된 휴가 첫날, 출근 대신에 마스크를 낀 채 아침 햇살 가득히 내려앉은 뜰에 나가 어정거려 보았다. 언제 씨앗이 날아와 자리를 잡았는지 군데군데 보랏빛 제비꽃이 피어있었고 노란 민들레도 곳곳에 피어, 마치 '나 여기 있어요!'라고 손 흔들며 인사를 하는 듯하다. 가만히 쭈그리고 앉아 아침 햇살을 받아 한껏 푸릇푸릇한 제비꽃과 민들레와 봄까치꽃을 내려다보니 작은 꽃들의 소묘는 참으로 섬세하다, 나름의 정교한 규칙성을 가진 꽃잎과 손을 교대로 뻗어 사다리를 오르듯 비대칭으로 이어진 이파리들, 아무렇게나 돋아났지만 마치 전문가의 손길이 닿은 듯 자연스러운 배열을 통해 자연의 오묘한 조화와 질서, 창조의 섭리에 감탄이 절로 나온다.

그중에 앙증맞은 꽃의 크기나 신비한 보랏빛 색깔에도 불구하고 어울리지 않게 큰개불알꽃이라는 일본식의 원색적인 이름으로도 불리는 꽃이 있다. 씨방의 모양을 따라 명명된 좀 민망한 이름 대신에 이젠 봄의 시작을 알리는 반가운 꽃이라는 의미의 봄까치꽃이라는 새로운 이름을 얻었다. 봄까치꽃 군락은 마치 초록색 편지지에 보랏빛 글자로 깨알같이 써 내려간 풋사랑의 연서처럼 싱그럽다. 어쩌면 하늘 정원에 있어야 할 것들이 땅으로 떨어져 생겨난 것은 아닐까 하는 생각이 들 만큼 아름답게 느껴질 때도 있다. 자연 앞에서 돋아나는 이런 아름다운 느낌은 고요한 마음과 땅에 가까워진 몸이 아니면 일상에서는 전혀 느낄 수 없는 것들이다.

여유가 생긴 김에 오후에는 묵은 창고 문을 열어 어수선했던 내 마음처럼 아무렇게나 널브러져 있던 농기구와 낡은 물건들을 정리하고 내일은 또 텃밭에 거름을 내고 비료를 뿌려야겠다는 계획을 세우고 나니 마치 밀린 숙제를 위한 잠깐의 방학을 얻은 아이처럼 안도하게 된다.

어쩌다 얻게 된 휴가를 보내며 이 쉼표가 주는 의미를 가만히 생각해 본다.

늘 무언가에 분주했던 걸음을 잠시 멈추고 돌아보니 이젠 내 마음의 근력도 예전 같지 않다. 긴 호흡으로 걸어가는 것보다 버겁지 않을 만큼 걷고 가끔은 짧은 쉼표 위에 앉아 쉬어가야 할 때가 되었음을 알게 되었다.

2주간의 시간이 지나고 나면 내 마음의 창고도 가지런히 정리되어 먼저 꺼내 보여야 할 것들과 나중에 보여야 할 것들이 잘 구분되어 있을지, 적절한 쉼표 위에 앉아 쉬어가리라는 마음 지키기에 성공할 수 있을지는 모르지만, 어쩌다 얻은 이 휴가는 분명 인생에서 또 한 번의 좌표로 기억될 것이다.

제5부

길에게 길을 묻다

느린 걸음으로 걷기

휴대전화 바탕화면에 떡~ 하니 자리를 차지하고 있으면서 나의 움직임을 늘 체크하는 앱(APP)이 있다. 손쉽게 찾아 쓸 수 있도록 자주 사용하는 것들만 모아 놓은 그곳에 당당하게 한 자리를 차지하고 있는 것은 바로 내 걸음 수를 체크하는 걷기 앱이다.

은퇴자들의 버킷리스트 중에 하나라는 산티아고 순례길을 부부가 함께 걸으며 길에서 만나는 낯선 일상들을 행복하게 기록한 어느 브런치 작가의 글을 부러운 시선으로 읽어 내려가다가, 그들의 걸음에 비하면 지나치게 단조로운 데다 심지어는 매 순간 걸음수를 카운트하는 앱에 통제받는 내 걸음이 문득 비루해졌다.

나는 심리적으로 무척 고단했던 인생의 변곡점에서 심한 탈모에 이어 급성 당뇨 진단까지 받았다. 아파트를 떠나 시골살이를 선택한 데는 사실 그런 가파른 심리적 절벽으로부터의 도피와도 같은 절박한 방어기제가 작용했을 것이다. 당뇨가 찾아온 후로 최소한 내게 있어 걷기는 즐거움보다 혈당을 낮추기 위한 중차대한 과업으로 일상에 자리를 잡았다. 저녁을 먹고 나면 어김없이 밖으로 나가 시골길을 휘적휘적 걸어야 한다. 때때로 걸음 수가 얼마나 되는 지를 봐 가면서 목표치에 도달할 때까지의 지루함을 견디며 걸어야 하고 시간이 여의찮거나 날씨가 좋지 않으면 거실에서라도 기어이 목표량을 채워야 한다. 운동하는 즐거움을 가장하여 목표 의식을 희석해 보려고도 하였으나 내 마음을 속이지는 못하여 결국 걸음은 더 이상 나의 즐거움이 되지 못했다. 그래도 달이 밝은 날은 어둠이 깃드는 들판과 산 풍경과 드물게 불을 밝힌 집들의 정감 있는 풍경이 있어 지루함이 좀 덜하지만, 달이 뜨지 않는 그믐이나 흐린 밤, 드문드문 서 있는 가로등 불빛과 손전등에 의지해 어둠의 한쪽을 가르며 걸어야 하는 그런 걸음은 맛이 없다. 직선적이고 과업 지향적이고 전투적이어서 때때로 언제까지 이 지루한 걸음을 계속해야 하는지를 생각한다.

건강을 위한 걷기는 양과 질에 공히 영향을 받는데, 짧은 걸음과 느릿한 걸음은 효과가 미미해서 하루에 칠, 팔 천 보 이상의 양과 그것도 숨이 조금 찰 만큼의 속도로 걸어야 몇 십 분 전에 내 뱃속으로 들어간 탄수화물이 잉여 칼로리가 되어 지방으로 저장되거나 소모되지 않고 남아돌아 혈관 속을 달달하게 달리는 것을 막을 수 있다.

빠르게 걷는 시간 동안에도 쉼 없이 무언가를 생각하는데 심지어 그 생각마저도 느긋하거나 평안할 수 없고 걸음의 속도에 맞추어 후다닥 머릿속을 지나가는 게 대부분이다. 그러다 보니 문학을 위한 사유나 창의적인 생각들보다는 일상의 잡다한 편린들이 뒤엉켰다가는 풀어지곤 해서, 마치 낯선 지방의 비빔밥처럼 정체성이 불분명한 사유의 시간이 된다. 그러나 주말에 아내와 함께 집 앞으로 이어지는 산길을 걷거나 낮에 마을 들길을 걸을 때만큼은 강박적인 속도감에서 벗어나 아주 느긋해진다. 그 걸음에는 과업이 없고 모처럼의 휴식과도 같은 것이라 느긋한 정신적 이완 상태에서 이것저것 망막에 닿는 대로 보고 느끼고 이야기할 수 있다.

아내와 나는 멀리 보이는 시골 풍경뿐 아니라 길가에 핀 작은 야생화에도 눈길을 많이 주는 편인데 때때로 낯선 꽃들이 보이면 한참 머물러 서서 들여다보고 이름을 유추해 보기도 한다.

쥐손이풀은 올해 나와 아내가 가장 많이 눈에 담은 야생화이다. 꽃의 지름이 새끼손가락 마디보다 더 작아서 눈여겨보지 않으면 푸른 줄기와 잎에 찍힌 하얀 점처럼 무의미해 보이기 쉽다. 그러나 자세히 보면 흰색 꽃잎에 분홍빛 세 줄이 미려하게 그어진 아주 정교하고 아름다운 꽃이다. 작은 것이 마치 생쥐의 손같이 앙증맞다고 해서 쥐손이풀이라고 부른다. 사촌 격인 이질풀꽃도 있는데 아름답기로는 비슷하나 줄기와 꽃의 모양새가 좀 다르다. 이것들은 꽃의 크기도 작은 데다 군락을 이루지 못하고 길가에 드문드문 서 있어 사람들의 눈길이 닿기가 쉽지 않다. 그래서 빠른 걸음으로 걷는 이들에겐 그냥 잡초에 지나지 않을 존재들이다.

어쩌면 사람의 마음에도 쥐손이풀 같은 작은 아름다움 들은 면면히 박혀 있을지도 모른다.

그것들은 존재감이 미미해서 섬세한 감성으로 살펴주는 이가 아니면 발견할 수 없어 그냥 잡초처럼 황무한 마음이라고 단정해 버리기에 십상일 것이다. 그러나 전방 지향적이던 마음의 속도를 낮추고 상대에게 다가가면 그 아름다움들이 비로소 하나씩 보이기 시작한다.

한발 한 발의 중력이 고스란히 땅에 스미는 것을 느끼며 대지의 가슴 위를 느리게 걷는 느낌은 땅과 자연과 모든 살아 있는 것들에 대한 연대감과 동류의식을 불러일으켜 늘 마음이 편안하다. 느리게 걸으며 황금빛으로 물들어가는 들판과 길섶에서 단아하게 눈길을 기다리는 구절초와 발그레하게 익어가는 나뭇잎을 마음에 담고 싶은 그런 주말 아침이다.

익숙한 것에 대한 소중함

아내가 입원했다.

병명은 추간판 탈출증, 흔히 말하는 디스크다. 예후는 몇 달 전부터 있었다. 결과적으론 내 무심함이 낳은 불찰이지만 나도 가끔은 겪는 흔한 요통이려니 방심한 탓도 있고 운동량이 부족하고 체형보다 배가 나온 아내의 자기 관리 책임을 탓하며 미루어 온 것도 얼마간은 있었을 것이다. 이래저래 미련을 떨다가 급기야 아내가 운전마저 힘들어진 다음에야 부랴부랴 병원을 찾았다. 외과적 수술보다는 교정이나 차선의 방법이 좋을 것 같아 인근 도시에 있는 꽤 유명한 의사에게 의뢰하게 된 것인데 일주일에 세 번, 오전 시간 내내 주사와 물리치료와 도수치료를 해야 했다. 운전하지 못할 정도의 환자인 아내 혼자 통원 치료를 다닌다는 것은 불가능한 일이고, 15회 정도는 최소한 치료를 해야 한다는 의사의 말을 들으니 회사의 배려를 거기까지 받아 내가 통원시킬 일도 아닌 듯싶어 차라리 입원하여 집중 치료로 교정 기간을 줄이는 쪽으로 방향을 잡았다.

갈 때마다 늘 느끼는 것이지만 아이를 낳을 때를 제외하고는 기쁜 일로 갈 일이 거의 없는 곳이 병원이라 그런지 공연한 두려움과 긴장으로 주눅 들게 되는 곳이고, 대기하고 있는 환자나 보호자들의 얼굴들도 하나같이 환한 조명 아래에서도 눅눅한 근심의 빛을 공유하고 있었다. MRI 촬영 결과는 예상대로 두 곳이나 추간판이 척추 사이를 뚫고 나와 내려오는 신경을 간섭하고 있었다. 예후로 보아서는 통증이 적지 않았을 터였다. 아내의 찌릿찌릿한 통증이, 무심한 가해자인 나의 심장을 저리게 찔러오는 듯했다.

아내의 입원 치료를 결정하고 나니, 살림살이에 대한 부담이 전혀 없지는 않았으나 아버지는 누님댁에 가 계시고 딸이 있어도 고등학교 2학년이나 되었으므로 손 갈 일은 많을 것 같지 않아 어렵지 않게 아내의 입원 기간을 버틸 수 있으리라는 계산이 들었다. 더구나 딸은 아침에 학교에 가면 학원까지 돌아 열 시가 넘어야 들어오니 실제로는 집에 나 혼자 있는 시간이 많을 것이었다. 그러나 며칠 지나다 보니 조금씩 아내의 빈자리가 보이기 시작했다. 생각처럼 집에서의 일상이 간단하지는 않았다. 거기다 요 며칠 임시거처에 둔 강아지들이 기거할 우리를 만드느라 퇴근 후엔 어김없이 거기에 매달렸다가 어둑어둑해서야 방에 들어오거나 후다닥 씻은 후에 교회엘 가느라 집안 살림에 세세한 관심을 두기가 여의찮았다.

청소도 건너뛰는 날이 생겼고 혼자 먹는 식사 시간도 모자라 허둥지둥 시리얼을 말아먹고 나가기도 했다. 맘에 여유가 없으니 제 자리를 찾아야 할 물건들도 사용한 자리에 그대로 주저앉아 있어 눈에 거슬렸다. 그제야 익숙한 풍경이란 소소한 질서가 안정적으로 자리매김하는 상태를 말하는 것이고 그러기 위해서는 적잖은 손길이 닿아야 함을 알게 됐다. 식탁 위 군것질거리가 든 바구니와 식후에 복용하는 잡다한 약들이 있는 서랍장, 그릇들이 놓인 싱크대 선반 위에도 그동안의 익숙했던 풍경 속 질서에는 모두 아내의 쉼 없는 손길이 스쳤을 것이다. 흔적도 없고 보이지 않는 수고로움이 결핍된 집안은 작게 시작된 흐트러짐으로 이내 질서의 균형이 깨어지고 말았다. 이를테면 식탁 위에 물컵이 하나 놓여 있다거나, 사각의 약통이 약간 틀어져 있는 것, 설거지한 찌개 냄비가 싱크대 수납장으로 가지 못하고 건조대 위에 그대로 있는 것, 소파 위에 던져진 모자 같은 사소한 변화들이다. 묘하게도 그런 미미한 변화가 전체적인 집안의 느낌을 산만하게 한다는 게 새삼스러웠다. 그동안 내게 익숙했던 집안의 풍경 속에는 선반 위 그릇의 배열순서와 식탁 위 물건의 원근감, 자리를 차지한 여러 물건의 각도까지 다양한 것들이 조화되어 하나의 질서를 이룬 채 고정관념처럼 자리하고 있었다. 아마 지금 내 삶의 균형도 나와 삶의 테두리를 공유하고 있는 이들의 역할과 기능, 헌신, 배려 이러한 보이지 않는 것들이 각색 물감처럼 혼융되어 그려 낸 담담한 풍경화 같을 것이다. 때로 그것이 미미해 보여 자칫 경시하거나 무시될 수도 있지만 진가는 제 자리를 지키고 있을 때보다 결핍된 후에야 비로소 흙담처럼 경계의 허물어짐으로 나타나게 된다. 그런 어수선한 느낌이 불러오는 혼란스러움은 사람의 신체뿐만이 아니라 늘 살아가는 삶에도 안정된 상태를 갈망하는 항상성(恒常性)이 존재한다는 증거이다.

　그러고 보니 아내는 늘 제 자리에 갖다 놓지 못하는 습관들을 잔소리의 주된 소재로 삼았고 가족들은 반복되는 잔소리에 내성이 생겨 라디오를 듣듯 귓등으로 흘려들었는지도 모른다. 필시 잔소리 뒤로는 바지런히 정리해 가는 아내의 손길이 따라왔을 터이고 내게 익숙한 집안 풍경은 그렇게 유지되고 있었다. 집을 가꾸기 위해 밖에서 무언가를 뚝딱뚝딱 만드는 일은 몹시 어렵지 않은데 오히려 익숙했던 집 안 풍경을 되찾아 가는 일에 막연한 느낌은 적이 나를 당혹스럽게 했다. 그것은 늘 열고 다니던 현관의 비밀번호가 어느 날 깜깜한 기억 속에 숨어 버린 것과도 같은, 내 안의 작은 도발 같은 것이었다. 이번 주말이면 퇴원한 아내의 잔소리가 라디오처럼 일상에 흘러들 것이고 집 안 풍경은 이내 익숙함으로 자리를 잡을 것이다.

　오늘은 문득 그 불편한 익숙함이 그리워진다.

조율 한번 해주세요!

여러 해 전 가요계의 대표적인 여성 블루스 가수가 "조율"이라는 제목의 곡을 선보였다. 제목이 주는 느낌부터 리듬이나 가사까지 범상치 않지만, 한영애 특유의 연마되지 않은 질척한 목소리로 "잠자는 하늘이여 인제 그만 일어나요. 그 옛날 하늘빛처럼 조율 한 번 해주세요"라고 당부하듯 현실의 문제를 하늘에게 의탁하는 부분은 대중들의 공감 속으로 깊이 파고들었다. 그것은 아마도 조율해 달라는 문구가 가지는 의미의 확장성과 시사성 때문이 아닐까 싶다.

나는 3년째 관내 중고등학생들로 구성이 된 청소년 오케스트라의 단장직을 맡고 있다. 상징적인 자리인지라 별로 하는 건 없지만 일 년에 한 번 정기연주회를 할 때는 분주 해진다. 협찬을 요청하고 인사 글도 쓰고, 연주회 당일에는 리허설을 위해 수업 종료 전에 미리 나와야 하는 단원들을 위해 해당 학교마다 협조 공문을 보내 도움을 요청한다.

요즘 아이들이 클래식을 배운다는 것은 사실 대단한 순기능이 있다. 익히 알거니와 속도가 경쟁력이 되는 세상을 사는 현대인들은 정보든 처리 속도든 남보다 더 빨라야 생존에 유리하다. 거기다 아이들이 깊이 빠지는 미디어 콘텐츠도 빠른 장면의 전환이 이루어지는 것들인 데 반해 클래식의 배움은 무척 더디다. 며칠의 노력으로 할 수 있는 게 아니다 보니 과정에 대한 인내가 부족해 그만두는 경우가 허다하다. 더구나 대중음악이나 재즈처럼 임의적인 연주는 허락되지 않으며 철저히 약속된 대로 악보에 충실해야 하는 규범을 가지다 보니 무엇이든 튀고 싶어 하는 청소년들이 감당하기엔 여간 답답한 장르가 아닐 수 없을 것이다. 그런데도 꾸역꾸역 인내하며 배우고 더 나아가 다른 악기와 하모니를 이루어 아름다운 곡을 연주한다는 것만으로도 충분히 인내와 협동을 배우고 갖추었다는 것으로 인정해도 될 만한 일이다.

클래식은 요즘처럼 개인주의가 팽배한 세상을 역행하는 음악이다. 오케스트라의 연주는 혼자서 무대를 누비는 독주가 아니므로 단원 간의 면밀한 협력이 필요하다. 오케스트라 연주에 들어가기 전에 반드시 단원 모두가 각자의 악기를 조율해야 하는데, 현악기는 줄을 조이거나 풀어서 음을 맞추고, 관악기는 리드나 피스 같은 입에 대는 부분의 길이를 조절하여 음을 맞춘다. 그것을 조율이라고 한다. 싸구려 악기로는 잘 연주할 수 있어도 조율이 안 된 악기로는 절대로 좋은 연주를 할 수 없다. 조율이 안 된 악기 소리를 들으면 숫제 음악이 아니라 소음처럼 괴로워지는 것은, 누구나 안정된 상태가 주는 평안함에 익숙해져 있기 때문이다. 우리 단원들은 학생들이다 보니 아직 서툴러

서 선생님들이 일일이 조율해주어야 하는 어려움이 있다. 그러나 능숙한 연주자는 별도의 조율 기계 쓰지 않고도 오로지 음감으로 조율한다.

현대의학에 조현병(調絃病)이라는 개념이 있는데 이는 흔히 말하던 정신분열증의 다른 표현이다. 환청, 망상, 이상 행동, 횡설수설 등의 증상과 감정이 메마르고 말수가 적어지며 흥미나 의욕이 없고 대인관계가 없어지는 등 증상이 나타나는 경우가 대부분이다. 요즘 들어 정신분열이라는 단어보다는 조현병이라는 단어를 쓰는 이유는 아마도 그 질병의 원리를 설명하고자 함일 것이다. 조현(調絃)이라는 단어가 바로 줄을 조율한다는 의미인데 인체의 어떤 생리적, 혹은 뇌과학적 원리에서 어딘가 조율이 덜 되므로 인해 생긴 이상 증상임을 의미하는 것이다. 약간 조율이 덜 된 악기와 현저히 조율이 안 된 악기의 차이처럼 사람의 정신적 상태도 이러한 개별성의 차이가 있을 것이다. 병증이 뚜렷하여 환자로 분류할 만한 사람도 있지만 그렇지 않더라도 완벽하게 조율되지 못해 일상에서 미묘한 이음(異音)을 내는 사람도 있다.

나 또한 때로 긴장과 스트레스로 인해 완벽히 조율되지 못하고 줄이 팽팽하게 긴장되어 예민한 반응을 보일 때가 있었다. 그때의 마찰음이 주변에 얼마나 소음으로 들렸을지에 대하여는 정작 자신은 인식하지 못한다. 그 이후로 가끔 내 감정의 조율 상태를 들여다보는 습관이 생겼다. 느슨해지다 못해 맥없이 음이 가라앉은 것과 같을 때가 있는가 하면, 만지면 곧 튕겨 나갈 듯 팽팽하게 날 세운 때가 있어 그 예민함을 타인이 인식할 만한 조율 상태도 있고, 태연함을 가장한 얼굴 뒤에 잔뜩 찡그린 마음을 숨긴 심리상태까지 성찰하게 된 것이다.

그리고 보니 내 조율의 상태는 하루에도 수십 번 표준을 오르내리고 있었다. 다만 감사한 것은 내가 표준이라고 믿는 조율의 상태가 가짜였음을 성찰하게 된 것인데 그런 후로는 조금 더 사람들과의 화음을 염두에 둘 수 있게 되었다.

현악기는 조율해 둔 뒤에도 시간이 지남에 따라 조금씩 음이 변하게 되는 것처럼 일상이라는 삶의 연주 속에서 우리는 조금씩 표준음의 궤적을 이탈한다. 다만 불협화음으로 서로를 불편하게 하기 전에 스스로 적당한 조율을 할 줄 알아서 하모니를 이루어 가고자 노력하는 것이 더불어 살아가야 하는 삶의 참된 지혜일 것이다.

이번 공연에서는 영화 타이타닉에서 배가 침몰할 때 도피하던 악단들이 다시 돌아와 승객들의 마지막을 배웅했던 연주 "Near my God to thee"라는 곡에 감동이 울컥 올라왔다.

그 하모니 속에 녹아 있는 우리 단원들의 고된 노력과 인내, 열정이 고스란히 전해져 왔기 때문이다. 클래식 음악이 아름다운 것은, 아마도 잘 조율되고 연습된 이들이 만들어 내는 공교한 하모니 때문일 것이다.

화장(化粧) 권하는 사회

조간신문을 보다가 문득 전면광고(全面廣告)에 눈길이 멈추었다. "더 이상 밋밋한 입술은 싫다"라고 적힌 카피 밑에 예쁘게 생긴 청년이 모델로 나왔기 때문이다. 순간, 통념의 왜곡과도 같은 아이러니 앞에 적잖은 혼돈이 머릿속에 뒤엉키고 있었다. 아무리 시대가 변하였다고는 해도 여자가 아닌 남자가 입술 화장품 광고 모델로 나왔다는 게 이상스럽다는 말 밖에 달리 표현할 길이 없었다.

포털 Daum의 정의에 의하면, [화장의 목적은 미적, 성적인 것, 성별, 사회적 지위 등을 나타내는 것, 주술적인 것으로 나눌 수 있다]라고 한다.

고대에는 제사장과 같은 제한적 계층에게 주술적 목적으로, 혹은 사회적 지위를 과시하고 위용을 드러내려는 방안으로 남자 화장이 제한적으로 행해졌었다면, 지금은 그보다 미적(美的) 요구에 대한 응답으로 화장이 행해지고 있다고 보는 게 설득력이 있다.

예쁜 남자가 인기를 얻고 있기 때문이다. 그러고 보면, 어느새 화장은 성인 여자의 전유물이라는 사회적 통념의 틀을 깨고 그 적용 범위가 편만해졌으나 전통적 보수 관념의 틀에 박힌 내가 현실의 변화에 둔감하여 시대를 읽지 못하는 것인지도 모른다.

남자들을 거냥하는 화장품 마케팅이 나오는 상황이니 여자들은 말할 것도 없다. 우리나라의 화장품 기술은 과히 세계적인 모양이다. 중국인들의 관광 쇼핑 리스트의 수위에 우리 화장품이 있다는 것을 보아도 그 수준을 짐작할 만하다. 그뿐만 아니라 손재주 좋은 한국 여자들의 화장 솜씨 또한 일품인가 보다.

고등학생이 된 딸이 언제부턴가 틈틈이 유튜브(You Tube)를 통해 화장법을 배우고 있었다. 마냥 어린 꼬맹이로 알고 있었던 터라 호기심에 보는가 했더니 그쪽에 지대한 관심이 있었던 것이었다. 어느 날 학원에서 돌아오는 차 안에서 제 엄마와 화장 이야기를 나누는데 직장을 다니며 일상적으로 화장을 하는 엄마가 오히려 딸에게 화장 기술을 배우는 형국이었다. 무엇이든 관심이 있으면 지독히 파는 성격이라 그 습성으로 파헤쳤으니 이론적인 바탕이야 탄탄해졌겠지만, 문제는 슬슬 실습을 시작하는 것이다. 방과 후에 학원을 데리고 가는데 입술이 평소와 좀 다르다는 느낌이 있어 물어보니 립 틴트(Lip tint)라는 것을 발랐다고 이실직고한다. 액상의 조색 된 것을 뚜껑에 달린 면봉 같은 것을 통해 입술에 바르는데 립스틱과는 다르게 일정 시간만 유지된다고…. 나는 공연히 실없는 웃음만 흘렸다. 내 통념에 파문을 던진 딸아이의 화장에 대한 견지를 미처 준비하지 못했기 때문이다. 성급히 첨언을 할 수 없었던 이유는, 어른의 관점에서 일방적인 교훈적 시정을 요구하게 되면 시쳇말로 '꽉 막힌 꼰대'가 될 수도 있다는 위기감에서였다.

그 뒤에 하교 시간에 학생들이 많이 다니는 시내에 갈 일이 있어 우르르 몰려 쏟아져 나온 학생들을 가만히 관찰하니 그나마 딸아이는 아주 경도(輕度)의 일탈에 속함을 알 게 되었다. 얼굴을 하얗게 바르고 입술과 미용 렌즈까지 범위를 넓힌 아이들이 꽤 많았다. 심지어는 그나마 교복이 학생 신분임을 알려주는 정도의 아이들도 있었다. 간혹 화장기가 전혀 없는 민얼굴의 아이들도 보이긴 했으나 극히 드물었다. 그쯤이면 부모의 시선이 미치지 않는 장소에서 내 딸의 모습 또한 장담할 수 없는 것이 아닌가. 그제야 여고생들 사이에서도 화장이란 것이 이미 트렌드(Trend)가 되었음을 자각하게 되었다. 이 문제에 대해 친분이 있는 지인과 이야기를 하다 보니 그 댁 딸아이는 초등학교 저학년인데도 아침에 수 십분 화장에 시간을 투자하고 등교한다고 한다. 이 정도면 대한민국 여자는 세대를 불문하고 화장대 앞에 앉아있다는 추론이 가능해진다. 나이에 비해 보수적이라는 평을 듣는 내게 그러한 모습들이 마뜩할 리가 없다. 어린아이들의 화장은 예쁘다거나 아름다운 것과는 거리가 멀고 되레 성급히 어른 흉내를 내는 것처럼 보이거니와, 흡사 아직 어린나무에 달린 과실 열매처럼 경솔하고 섣부른 느낌이다.

트렌드(Trend)라는 것은 그것을 주도하는 동기가 있게 마련이다. 아마도 일찍이 연예인에 데뷔하는 아이들이 많아지고, 동경의 대상이 된 또래 스타에 대한 동일시 현상이 작용했을지도 모른다. 거기에다 이른바 얼짱이라는 단어로 대표되는 외모지상주의가 동력을 제공했을 것이고, 포털미디어와 SNS의 발전은 이러한 경향에 급속한 파급효과로 순식간에 모든 여성을 화장대 앞에 앉히고 셀카를 찍게 하는 데 일조하였을 것이다.

나아가 아름다움에 대한 과도한 욕구로 성형을 하는 것도 주저하지 않는다. 아름다운 것은 사물이나 사람이나 선호되게 마련이다. 채용에서도 잘생긴 사람이 유리하다. 좋은 이미지를 위해 채용 성형을 하는 젊은이도 적지 않다고 들었다. 그러니 아름다워지기 위한 성형을 범속하다고 싸잡아 매도할 일만은 아니다. 그러나 보이는 현상적 아름다움에 지나치게 몰두하다 보면 본질적이고 내면적인 것들은 상대적으로 도외시될 수밖에 없다.

감각적인 이 시대에서 인품이 좋아야 한다든지 내면이 아름다워야 한다는 등의 말은 어느새 고루한 잔소리가 되어 버렸다. 그리하여 속사람을 비옥하게 하고 좋은 성품을 갖게 하는 인문학도 더불어 퇴락의 길에 서 있다. 시대가 변하여도 삶의 주체인 사람을 움직이는 것은 외형이 아니라 내면에서 나오는 성품이며, 사고(思考)이며 가치관이다. 우리 사회는 지금, 속사람과 겉 사람의 불균형에서 오는 병리(病理) 현상을 지독히 앓고 있다. 청소년들의 끔찍한 범행과 무수한 가정의 균열과 해체의 이면에는 인간다움에 대한 지향성 상실이 깊게 자리하고 있다.

나는 결국, 꼰대처럼 이러한 취지의 말들을 딸아이에게 하고야 말았다.

다행히 수긍하는 눈치이고 대놓고 반박하지 않으니 그나마 다행이라는 생각이 들었지만, 입술화장마저도 하지 않으면 모자란 사람 취급받는다는 또래문화를 반전시킬 설득의 논리가 내게는 없다. 다만, 외모만큼 내면도 아름다워야 한다는 지론을 자주 강조하여 귀에 못이 박히게 할 뿐이다. 며칠 전부터 여드름이 부쩍 늘어난 딸이 거울을 보며 근심하더니 난수표 같은 지령을 문자로 보내왔다.

"아빠! 더 페이스샵에서 닥터벨머 클래리파잉 스팟 앰플 좀 사다 주실 수 있으세요? 대금은 집에서 드릴게요"

"…오냐!"

"넹 사랑해여 ♡♡"

* 이 글은 딸이 고등학교 1학년일 때 쓴 글이며 이제는 대학생이 되어 유연하게 맘껏 화장을 한다.

길에게 길을 묻다

주택 단지의 맨 꼭대기에 첨탑처럼 서 있는 집을 내려와 조금만 동쪽으로 발을 옮기면 당진에서는 가장 유명한 아미산의 동쪽 숲길로 올라가는 가파른 언덕을 마주한다.

험난한 구간이나 접근을 거부하는 위험함이 없이 전체적으로는 완만한 산임에도 불구하고 아미산은 대면부터 그리 호락호락하지는 않다. 폐부의 구석구석 숨겨 둔 비밀까지 다 토해낼 듯 거친 숨을 쏟아내며 100여 미터를 오르고 난 다음에야 비로소 컷오프를 통과한 선수에게 주어진 시원한 필드처럼 산은 아늑한 입구를 열어 나를 맞이한다.

이곳에 이사를 온 지도 어느새 일곱 달이 지나고 있다. 이른 봄에 시작된 숲길 산책은 여름이 지나는 동안 절정을 이루었지만, 내가 퇴근하기가 바쁘게 산책하러 가자고 요란한 고함을 지르며 졸라대던 다니엘(우리 집 비글 강아지)을 잃어버린 늦은 여름 이후로는 마치 건전지의 수명이 다해가는 인형의 움직임처럼 산길을 오르는 의지는 끽끽거렸고 드문드문해졌다.

이 숲길을 산책할 때면 가이드를 하듯 늘 앞장서서 쫄랑쫄랑 걸어가던 강아지가 없어지니 언덕길을 오르는 수고가 더욱 힘겹게만 느껴졌고 동행이 없는 혼자만의 산책이 쓸쓸하기도 해서 한동안 거의 산책을 하지 않다가 가을이 깊어지면서 짧아지는 햇살 속에 이런저런 생각들을 더듬어 보려 다시 숲길을 걷기 시작했다.

산의 허리를 가로지르며 걷는 숲길은 꽃 소문으로 요란했던 봄과 나뭇잎과 풀잎이 흔들리는 소리, 풀벌레 소리, 산새 소리로 가득했던 여름과 생애를 갈무리하며 잎을 떨어뜨리는 소리로 요란했던 가을을 지나며 이제는 조용히 안으로 침잠하는 계절을 숙연하게 받아들이고 있었다.

계절의 섭리를 따라 윤회하던 생애의 소리들이 사라지고 이젠 간간이 산새 소리만 들려오는 적요한 이 길을 걸으면 늘 '길에게 길을 묻다'라는 문장이 화두처럼 앞장서서 길을 걷는다.

라디오의 저녁 시간 음악 프로그램 중에 이 제목의 코너가 있다. 목소리를 한껏 가라앉힌 중년의 여자 DJ가 잔잔한 음악을 배경으로 나른하게 인생의 단면이 그려진 시를 한 편씩 소개한다.

때로는 굽어지고 때로는 아득히 열리는 이 길을 걸으며 여태 내가 걸어온 굽어지고 거칠었던 길과 또한 걸어가야 할 보장되지 않은 길에 대해 깊이 생각하고 때로 고민한다. 그리고 때때로 이 길에게, 예견할 수 없는 앞으로의 길을 묻고 싶어진다. 길은 그저 길일 뿐이고 스스로 길을 내어 줄 리 만무하지만 불투명한 인생의 단면과도 같은 이 길에 서면 늘 내 삶의 단층이 조명되는 듯하여 이 길에게 길을 물어보고 싶어지는 것이다.

안정적이던 첫 번째 직장을 그만둔 후로 내 인생길은 적잖이 덜컹덜컹거렸다.

탄탄대로는 아니더라도 안정이 보장된 길을 벗어나 내 힘으로 만들어가야 하는 길은 평탄하지 못해 때때로 입이 바싹 말라가도록 푸석푸석 먼지가 날기도 했다. 원인으로 치자면 내 어리석음이 제일이겠으나 거기에는 늘 내 걸음을 지치게 만드는 이들이 있었다. 때로 분노하고 때로 체념하며 눈물의 골짜기를 지나온 날이 많았다. 그나마 가파른 절망 속에서 나를 일으켜 세운 것은 신앙이었다. 내 삶이 온전히 그분께 있다는 것을 인정하면 믿음이 마음을 평안하게 했으나 때로 날카롭게 이성의 틈새를 파고드는 현실적인 염려들은 집요하게 내 몸을 공격해 나는 어느새 탈모와 당뇨 환자가 되었다.

사람들은 누구나 자신만의 길에 서 있다.

미지를 여행하는 비행기가 뜨고 내리듯 꿈같은 일들이 시작되고 갈무리되는 일들로 빛나는 활주로 같은 길이 있을 것이며, 또 어떤 이의 길은 짙은 안개가 드리워져 무작정 막막함을 인내해야 하는 길도 있을 것이며, 또 누군가는 정복되지 않는 설산에 루트를 만드는 것처럼 까마득한 빙벽에 매달려 위태롭게 만들어가야 하는 길도 있을 것이다. 이 지구 위에는 반짝이는 활주로와 안개 자욱한 길과 죽음 같은 빙벽이 항상 공존하듯 우리는 모두 그 어느 곳인 가의 길에 서 있다.

타인의 길은 늘 발끝에 차이는 돌부리가 없는 평탄한 길 같아서 때때로 부러워하고 그 길 위의 삶을 동경하기도 하지만 길의 진실은 그 길에 선 사람만이 정확하게 안다. 그래서 인생길만큼 다양하고 개별성이 강한 것도 없을 것이다.

　요즘은 스페인의 산티아고 순례길을 여행하는 사람들이 많아졌다.

　중세 시대에 많은 순례자들이 각자의 집을 떠나 산티아고로 향했던 신앙적 순례가 지금까지 이어지고 있지만 그 길을 걷는 사람들의 의도는 꼭 종교적인 전통성을 따르지는 않는다.

　AD 9세기경 스페인의 산티아고에서 예수님의 열두 제자 중 한 사람이었던 야고보의 무덤이 발견되자 신앙심이 깊었던 중세 사람들은 각자의 처소에서 야고보의 유해가 안치된 성지인 스페인의 산티아고 데 콤포스텔라까지 험난한 순례길을 나서는 것이 일생의 큰 소망이 되었다. 그때 형성된 순례길 중 9개의 길이 대표적인 순례길로 남아 오늘도 세계 각국에서 많은 이들이 그 길을 걷는다.

　얼마 전에는 국내 유명한 배우들이 나와 '스페인 숙소'라는 이름으로 순례자들이 길을 걷다가 하룻밤 쉬어가는 '알베르게'를 운영하는 프로그램이 방영되었다. 산티아고 순례길은 짧게는 120km에서 길게는 1,000km를 걸어야 하는 험난하고 기나긴 길이지만 세계적으로 알려지면서 지금은 종교와 상관없이 그 길 위에서의 고단함을 동경하는 이가 많아졌다. 그러나 그 길을 걷는 일이 중세의 종교적 의미에서 지극히 개인적인 의미로 바뀌었다고는 해도 아무도 그 길의 여정을 여행이라 부르지는 않는다. 모르기는 해도 누구라도 자연이나 감상하려고 그 멀고 험난한 길을 나선 것은 아닐 것이다. 종교적 염원과 소망이 없을지라도 그 길에서 찾고 싶은 것이 진정한 나일 수도 있고 깊고 깊은 인생의 물음에 대한 간절한 해답일 수도 있다면 그 길 위에 선 모두를 순례자라 명명하는 것이 결코 억지는 아닐 것이다.

집 앞으로 이어진 이 산길을 걸으면 늘 이 길은 나만의 산티아고 순례길이 된다.

그 길 위에는 삶에 대한 무수한 성찰과 간절한 바람들이 스며들어 있어 늘 혼자 걷는 길은 기도의 길이었고 진정으로 순례의 길이었다.

언젠가 이 길 위의 순례자는 더 이상 길에게 길을 물을 것 없이 평안한 순례를 마칠 수 있기를 소망하며 오늘도 걷는다.

서울 나들이

입추는 이틀 전, 여름이 한창 전성기를 지나는 청년의 팔뚝처럼 완강할 때, 마치 낯선 집을 찾은 아이처럼 쭈뼛쭈뼛 찾아왔다. 건물 밖을 나서면 화끈하게 몸에 엉겨 붙는 태양의 충일한 기운 때문에 도무지 이 길고 지루한 여름이 끝나지 않고 영원할 것처럼 성성해서 입추의 존재감은 마치 시절을 모르고 찾아온 꽃처럼 뜬금없게 느껴지기까지 했던 것이다.

사람들마다 덥다 덥다는 말을 입에 물고 살았으니 올여름의 더위는 덥다는 것 이상의 표현인 혹서, 폭염, 살인적 더위와 같은 극단적 표현들로 형용 될 만큼 대단했음이 분명하다. 지난겨울 모질게 이어지던 혹한과 함께 계절의 성향은 점점 극한으로 치닫는 느낌이어서 서민들의 계절 나기가 점점 팍팍 해 지는 것은 아닌지 적잖이 염려스러워진다.

짧은 휴가에도 처리해야 할 급한 용무가 있어 회사를 들락날락하며 일하기도 하였거니와 숨이 턱턱 막히는 더위에 집 밖을 나가는 것 자체가 고역일 것 같은 생각도 들어 바캉스라든지 계곡을 찾는 것조차 엄두를 내지 못하고 있었다. 게다가 딸아이가 방학 중 특강을 듣느라 등교하고 있어 이래저래 여름휴가는 있는 듯 없는 듯 지나게 되었다.

더 이유를 찾자면 결혼 후 곧 일을 시작했던 아내가 건강상의 문제로 사업을 놓은 후 가정 경제도 빠듯해져 내가 회사에서 받은 월급은 잠시 내 통장을 거쳐 논물 흐르듯 이리저리 이체되어지고 나면 이내 바닥이 드러나곤 했다. 그러니 이 무더운 여름을 피해 지구 반대편 뉴질랜드의 서늘함을 찾아 휴가를 갔다는 조카 녀석이 영상통화로 전해 준 영상 10℃의 그곳 날씨 자랑은 씁쓸한 부러움이 될 수밖에 없었다.

혼자 있는 한 낮에 에어컨을 켤 수 없다며 한사코 선풍기 앞에만 앉아 버티던 아내도 힘겹게 프로펠러를 돌리던 선풍기의 모터마저 약수(弱水)를 건너고 나자 더 이상 견디기 어려운 표정이어서, 집 밖을 나가고 싶어 하지 않는 아내와 토요일엔 수업이 없는 딸의 단조로운 일상을 깨워줄 요량으로 서울행 버스를 예매했다. 굳이 고속버스를 선택한 이유는 복잡한 서울에 승용차를 가지고 가는 것 보다 대중교통의 편리함에 몸을 싣는 게 덜 피곤할 것 같았고 체질상 꽉 막힌 도심의 거리에 정체되어 있는 시간의 답답함을 견디는 게 더 힘들 것 같았기 때문이다.

오전 6시 45분 행 버스로 출발하여 9시가 되기도 전에 도착한 서울은 이미 도시의 일상이 분주히 돌아가는 중이었다. 우리는 고속버스터미널 지하의 미로를 따라다니며 간단한 편의점 간식으로 시장기를 달래기로 했다. 우유와 빵을 들고 대합실에 앉아, 어디론가 분주히 떠나고 도착하는 사람들의 발걸음을 보며 그들의 표정 속에 투영된 삶의 개별성을 유추해 보는 것도 번잡한 도시에서 심심치 않게 시간을 보내는 방법 중의 하나이다.

여행을 떠나는 듯 보이는 연인들의 표정에 감출 수 없는 기대와 설렘이 있다면 일을 나가기 위해 잠시 거쳐 가는 사람들의 잰걸음은 비장하리만큼 전방 지향적이어서 여행객들과는 대조적으로 무표정해 보인다. 어딘가를 찾아가기 위해 지하철 노선을 확인하는 사람들과 회귀해야 할 고향의 방향을 가늠하는 철새들처럼 자리에 서서 이리저리 살피는 사람들, 바람처럼 어디론가 가뭇없이 흐르고 싶은 사람들의 표정이 교차하며 터미널 대합실 사람들의 얼굴은 마치 영화 <바르다가 사랑한 얼굴들> 속 사진작가 JR의 흑백사진 작품들처럼 다양한 희노애락을 담아내고 있다. 그 속에서 향수 냄새와 땀 냄새와 샴푸 냄새에 담겨진 인간의 애오욕을 추정하는 것은 너무나 잔인하고 슬프다. 사람은 그냥 형형색색의 옷과 화장품과 작위적인 표정이 만들어 내는, 표면적으로 보이는 느낌 그대로 받아들이는 게 훨씬 아름답고 이로울 때가 있다. 최소한 이른 아침의 대합실에서는 더 그렇다. 그럼에도 불구하고 현상을 넘어 본질을 보고 싶어 하는 못된 버릇은 딸의 얼굴에 돋아나는 뾰루지처럼 무익하고 얄밉게 불쑥 돋아날 때가 있다.

터미널에서 교보문고로 가는 지하철은 개미집 같은 층층 계단을 오르내리며 찾아가야 했다. 무수한 개미들이 드나드는 토굴처럼 지하로 얼기설기 엮어진 통로를 드나들며 나는 커다란 개미들의 도시를 어정거리는 촌뜨기 개미 같다는 생각을 했다.

그나마 뜨거운 태양과 삭막한 빌딩 숲을 지나지 않고 지하철을 통해 교보문고에 바로 다다를 수 있다는 것이 다행스럽기까지 했다. 체질상 촌놈인 나는 모델처럼 늘씬하고 아찔한 높이의 빌딩 숲만 지나도 멀미가 날 것처럼 울렁거리기 때문이다.

지하철 출구에서 이어지는 교보문고 광화문점의 첫 이미지는 낭만적인 숲속 도서관 같은 것이었다. 입구 팬시점의 아기자기한 것들이 단번에 딸의 시선을 훔쳐가는 동안 나는 중앙통로를 따라 건너편 신간 베스트셀러 진열대를 살폈다. 절제된 조도 아래서 집중 조명을 받는 책들의 제목을 읽으며 불과 한 발짝 앞 진열대의 거리가 아득하게 느껴졌던 것은 '책'이라는 대상에 대한 매우 주관적 입장이 작용했기 때문일 것이다. 그 뒤로 무수히 진열 된 책들의 경쟁을 뚫고 시상대에 오른 메달리스트들처럼 당당히 집중 조명을 받는 책들이 부러움을 넘어선 두려움으로 다가온 것은, 습작 수준의 글을 쓰는 내겐 아득한 소망의 자리이기도 했거니와 아직은 낯설게 느껴지는 작가라는 호칭이 불러온 좋은 글에 대한 강박관념이기도 했다. 그러나 조용히 흐르는 음악들 사이를 누비며 책을 탐닉하거나 간이 의자에 앉거나 책장에 기대어 책에 몰두하는 사람들의 표정은 마치 모이를 쪼아 먹고 숲에 돌아와 깃들인 새들처럼 안온했다. 치열한 생존 경쟁이 일어나고 있는 불과 몇 미터 위 지상과는 전혀 별개의 세상 같아서 어쩌면 마법 영화처럼 도시의 벽을 통과하여 영화 속 풍경으로 들어 온 듯 착각을 일으키기도 했다.

친구와는 그 영화 같은 풍경 속에서 해후를 했다. 교회에서 자란 유년의 기억을 공유하며 간간이 만남을 유지하고 있는 몇 안 되는 여자 친구 중 한 명이다. 서울로 간다는 소식에 굳이 밥을 사주겠다며 찾아왔다. 함께 책을 고르고 인사동으로 향했다. 어제까지는 숨이 턱턱 막히는 더위 때문에 길을 나설 수도 없었는데 오늘은 그래도 바람이 불어 다행이라고 인사동 가는 길에 친구는 말했다. 아마 한 5년 전쯤에 화가인 고향 후배의 개인전이 이곳에서 열렸기에 딱 한 번 와 본 적이 있었다. 여전히 인사동 골목길은 얼마간의 빛바랜 전통이 도시의 한복판에서 느릿하게 진화하고 있었다. 조선조에는 그림을 그리는 도화서가 있었고 벼슬을 하던 율곡 이이와 조광조가 이곳에서 살았다니 내 발자국이 도포 자락을 휘날리며 걸었던 수백 년 전 그들의 발자국 위에 지문처럼 쌓이고 있을지도 모른다는 상상을 했다.

함께 닭갈비로 점심을 먹고 차를 마시고 외국인이 한국인보다 더 많이 보이는 거리에서 한국의 옛것들을 보았고 문득 호기심에 이끌려 들어간 개량 한복집에서 이제 고등학생이 된 딸에게 짙푸른 빛깔의 개량 한복을 한 벌 사주었다. 아들이 검도를 한답시고 입고 다니던 검도복을 연상케 하는 무사 같은 디자인이었는데도 딸은 무척 마음에 들어 했다. 요즘 아이들이 즐겨 입는 브랜드 의류도 아니고 개량 한복 한 벌에 딸의 여행 만족도는 이내 극치에 다다랐다. 작은 전통 다기를 팔고 있는 가게와 소품 가게들을 드나들며 몇몇 가지를 구입하고 친구와는 작별 인사를 했다. 입추라고 해도 여전히 더위가 맹위를 떨치는 서울에서 친구의 나들이를 위해 찾아와 적잖은 대접을 하고 돌아가는 친구의 뒷모습에서 휴머니즘을 느낀 것은 과도하게 주관적인 감정이었을까?

지하철로 고속버스터미널에 돌아와 남은 탑승 시간까지의 간극을 지하상가를 둘러보는 것으로 보내기로 했다. 물가가 비싸기로 소문이 난 곳에 살다 보니 서울의 옷 가격은 상대적으로 아주 싸게 느껴졌던 모양이다. 아내는 검은색 바탕에 매화꽃들이 소담스럽게 내린 듯 하늘거리는 블라우스를 하나 골랐고 늘 하나쯤은 있어야 한다고 노래를 부르던 검은 색 정장풍의 일자형 스커트는 원하는 크기가 없어 가져오지 못해 아쉬워했다.

돌아오는 고속버스에서, 그리 비싸지도 않은 옷 두 벌과 무어 특별한 것도 없는 나들이에 들뜬 아내와 딸의 표정과 발급만 받고 도장을 찍어 보지 못한 채 갱신 기간을 넘긴 아이들의 여권이 초승달처럼 기웃하게 마음 한구석에 걸린다.

평창올림픽 폐막에 즈음하여

2018년을 이야기하면서 결코 이번 평창 동계올림픽을 제외할 수 없을 것이다.

나는 오십 평생의 세월 동안 두 번의 올림픽과 한 번의 월드컵 경기 개최를 보는 영광을 누렸다. 영광이라 말하는 것을 과장이라 할 사람이 있을지도 모르나 지구촌 250여 개의 나라 중에 올림픽이나 월드컵을 개최한 나라의 수는 그리 많지 않거니와 그마나 4년마다 유력한 나라들이 돌아가며 올림픽을 유치하므로 근간에 지구촌이 주목하는 대회를 자주 열었다는 것은 그만큼 우리나라의 위상이 높아졌음을 반증하는 일들이다.

88올림픽이 열리던 해에 나는 군 복무 중이었다. 향토사단 소속의 부대에서 보충역으로 근무했던 그때, 성화 봉송이 지나가는 어느 고지에서 수색 정찰을 한 것 외에는 딱히 첫 올림픽에 대한 기억은 남아 있지 않다. 그러나 이번 평창 동계올림픽은 비록 현장에서 관람하지는 못했지만, 각종 미디어를 통해 실시간으로 볼 수 있어서 마치 가까이서 관람을 하는 듯 현장감이 있었다.

이번 올림픽에서 특별한 즐거움을 선사한 종목들은 단연 빙상경기와 여자 컬링이었다. 특히 우리나라 선수들이 강세를 보이는 쇼트트랙 경기는 박진감이 넘쳐 관람객들도 심박수가 증가하는 긴장과 전율을 선수들과 함께 공유했다. 쇼트트랙은 좁은 트랙을 여러 명의 선수가 함께 앞뒤를 다투게 되므로 자칫 실수하면 실격이 되기도 하고, 서로 뒤엉켜 트랙을 이탈한 채 안전벽에 부딪히는 일도 빈번했다. 스케이팅을 느린 화면으로 보여주는 장면을 자세히 관찰하면 선수들의 질주에는 엄청난 과학적 원리와 고도의 심리, 치밀한 전략이 어우러져 정점의 레이스를 보임을 알 수 있다. 스케이트는 다리의 말단부인 발의 연장선에 평행을 이루는 가늘고 견고한 금속을 달아 신발에 부착했다. 이는 인간의 고유 기능인 직립보행의 과학적 응용이다. 발바닥으로 땅을 밀어내는 힘과 땅의 반발력으로 전진하는 보행과는 달리, 스케이트는 발목 위에 있는 인간의 몸이 전진할 수 있는 근육 활동을 만들어 내고 그 힘을 전달받아 최소한의 마찰력으로 빠르게 미끄러지는 원리가 적용되어 있다. 아마도 스포츠 과학에서는 그러한 신체와 스케이트의 작용을 상관계수로 나타내어 훈련에 적용하겠지만 우리가 거기까지 관심을 기울일 필요는 없을 것이다. 다만, 선수들이 트랙의 구석 부분을 돌 때 스케이트의 날의 각도와 몸의 각도가 절묘하게 일체 되도록 훈련된 것을 보며 그 놀라운 균형 감각에 새삼 경외감을 느낀다. 직선을 달려 발생한 관성과 구석을 돌 때 발생하는 원심력을 그 얇은 스케이트 날의 각도로 전달하며 달려 나가는 것은 나와 같이 둔한 운동신경을 가진 사람들에게는 '신의 경지'나 다름이 없다. (나는 스케이트를 타지 못한다) 그러나 사실, 관객들이 환호하는 그 짧은 순간의 경기에는 수년간 선수들이 흘린 땀과 고통의 인내가 고스란히 녹아 있다. 그래서 결승선을 통과한 선수들이 눈물을 흘릴 때, 나는 그들의 혹독한 훈련과 노력에 대한 공감으로 늘 울컥한다. 한편으로는 바로 지척에서 잡힐 듯 앞서가는 선수를 마음먹은 대로 멋지게 제치고 달려 나가지 못하는 선수들의 꿈속 가위눌림과도 같은 마음은 오죽 답답할까 싶은 공감에 손을 꽉 쥐고 흥분한다.

여자 컬링 또한 이번 대회가 짐작하지 못한 가장 큰 화제였다. 처음 출전한 올림픽 본선에서 강국들을 차례로 물리친 선전과 안경 선배라 불리게 된 김은정 선수의 독특한 캐릭터, 그가 컬링을 던진 후 부르던 영미라는 이름의 중독성, 분절음으로 뚝뚝 끊어지는 경상도 사투리를 구사하는 선수들의 말투는 온 국민의 최대 관심사로 떠올라 인터넷에는 수많은 패러디가 올라오고 지대한 성원을 얻었다. 더구나 준결승전에서는 숙적인 일본팀을 극적으로 누름으로써 선수들의 인기는 정점에 다다랐다. 아! 그녀들의 활약상은 얼마나 통쾌했으며 엔도르핀을 폭포수처럼 터져 나오게 하여 국민의 정신건강에는 또 얼마나 긍정적으로 이바지했던가! 우리는 모두 그들로 인하여 신바람 속에 며칠을 보낼 수 있었다. 나는 인터넷에서 그 선수들의 사진을 종종 검색하였는데 아침에 출근하여 컴퓨터를 켤 때마다 그들의 해 맑고 수수한 모습이 절로 웃음 짓게 한다. 그들의 모습을 보는 것만으로도 하루를 즐거운 마음으로 시작할 수 있다는 것은 생면부지인 그들과 내가 올림픽 기간에 허물없는 연대감을 형성하였다는 것을 의미한다. 정확히 말하자면 연대감의 본질이 일방적이기는 하나 그들과 나를 결속하게 하는 어떤 공동운명체 같은 심리가 분명 작용하였다는 것이다.

그들이 선사하는 긍정적 에너지를 느끼며, 나는 엉뚱하게도 요즘 관심거리가 된 국회의원에게 최저시급을 지급하라는 국민청원을 떠올린다. 우리나라의 정치인들은 왜 국민에게 이들과 같은 즐거움을 줄 수 있는 존재가 되지 못하는지를 잠시 고민해 보는 것이다. 더구나 국회의원들에게 최저시급만을 지급하라는 청원에 27만 명 이상의 국민이 뜻을 모았다는 것만 보아도 우리나라 정치인들이 제 몸값에 걸맞은 역할을 하지 못하고 있다고 생각하거나 그들의 정치 활동이 존중받지 못하고 있다는 것을 단적으로 증명하는 일이라 하겠다. 또한, 동계올림픽이 진행되는 동안 경기장 밖에서는 이데올로기의 대립이 횡행하여 나라의 잔치가 한 마음으로 열리지 못하는 내홍을 겪었다. 여야를 무론 하고 말하는 것을 보면 그런 애국자들이 없는 것 같은데 늘 그들에게 대한 국민의 평가가 혐오에 가까운 것 또한 참으로 불가해하고 아이러니한 현상이다.

동계올림픽 출전 선수들은 그들이 겪어 온 생사를 넘나드는 훈련의 강도와 수고를 말로 떠벌리지 않아도 짧은 몇 분의 온 힘을 쏟는 레이스만으로도 국민의 마음을 흔드는 감동을 준다. 그렇듯 사람의 마음에 파문을 던질 수 있는 것은 말이 아니라 자신의 사명을 위해 쏟아부은 진실한 노력이다. 이번 평창 동계올림픽의 감동이, 말과 아전인수 격의 패거리 정치문화와 국가와 국민을 위한 봉사의 정신보다 일순간 누려보고 싶은 권력으로만 인식하는 우리나라 정치인들에게 부디 살아있는 교훈이 되기를 바란다.

조건 없는 사랑의 실천, 유토피아를 품다— 이송희

조건 없는 사랑의 실천, 유토피아를 품다

이송희(시인, 문학평론가)

Ⅰ.

정수만 작가의 산문집『대답하지 않는 것들과의 대화』가 품고 있는 미학은 인간 역시 자연의 일부라는 인식에서 대상(사물)을 바라보고 인지하는 자세로부터 비롯된다. 그는 만물이 태어나고 자라고 저물어가는 자연의 순환 속에서 만나게 되는 희로애락의 원리를 역지사지(易地思之)의 자세로 읽어내는 힘이 있다, 아마도 그가 꽃과 나무와 새의 말에도 귀를 기울일 줄 알며 그 역시 그들을 품을 줄 아는 존재이기 때문에 가능한 것이리라. 제목이기도 한 '대답하지 않는 것들과의 대화'에는 온갖 자연 만물에도 입과 귀가 있다는 깨달음으로 인해 그들과의 대화가 가능하다는 역설적 인식이 깔려있다. 또한 장수만 작가는 자연에게 눈과 귀와 입만 열어 놓은 것이 아니라 "봄에 기경되어 속살을 드러낸 기름진 밭에서" 나는 "농익은 생명의 냄새"

(「대답하지 않는 것들과의 대화」)도 맡는다. 그러면서 그는 "겨울 동안 꽁꽁 빗장을 걸어 잠그고 철저히 자기방어적이었던 금욕의 땅이 육체의 문을 활짝 열어 놓은 것 같다"라고 덧붙인다. "그것은 그 땅에서 잉태되고 자라고 결실하게 될 온갖 푸른 것들을 양육할 모성의 냄새"로 "곧 화려한 꽃들 속에 대지가 열리면 진저리나게 냉혹했던 겨울의 기억은 퇴락하여 깜깜하게 유폐될 것이다". 「대답하지 않는 것들과의 대화」에 실린 이 문장들은 어떤 조건도 두지 말고 사랑하라는 의미를 품은 '작가의 말'처럼, 산문집의 공간을 넉넉하게 채우는 사유와 깨달음으로 기능한다. 가까운 것들과의 소통과 대화의 중요성을 이야기하는 이 글의 일부를 인용해 보기로 한다.

시각과 촉각 청각 등의 감각이 함께 대상을 향하게 되면 정서적 거리는 급속히 가까워지게 마련이다. 그렇게 가까운 것들과의 소통에 대화가 빠질 수 없다. 대화를 통한 소통이라 말하기에는 일방적인 면이 없지 않으나, 내가 그들을 향해 전하는 언어의 의도가 꽃 수술이나 이파리의 어느 부분으론가 수용이 되어 특별한 신호 방식으로 전달되고 그들의 언어로 재해석되는지를 까지는 염려할 일이 아니다. 칼릴 지브란의 말처럼 소중한 것은 보이지 않는 것들이라 의도의 진정성과 마음의 염결성은 어떤 형태로든 전달된다고 믿는 것이다. 설령 내 말이 독백이어도 좋고 대상이 없는 선언이어도 그리 염려스러울 것은 없다. 사실은, 대답하지 않는 것들과의 대화에 나는 조금씩 재미를 붙이는 중이다. 그 엉뚱한 일탈은 상당히 은밀하고 재미있다. 나뭇가지에 달린 매

화꽃이나 산수유를 향해 무어라 중얼거리는 모습이 반쯤 얼
빠진 모습으로 오인될 수도 있겠지만 그것은 마치 남들은
알지 못하는 나와 특별한 대상과의 제한적 연대감 같은 것
이어서 은밀한 즐거움이 적지 않은 것이다.
　　　　　　　　　　　　　　─「대답하지 않는 것들과의 대화」 중에서

　　마셜 B. 로젠버그의 『비폭력 대화』에서 대화의 핵심은 분석
이나 비판보다는 자신이 무엇을 관찰하고, 상대의 말에 대해 어
떻게 느끼며, 무엇을 원하는가를 의식하며 상호 간 연민의 감정
을 가지고 소통하는 것이라고 했다. 또한 이를 바탕으로 자신이
무엇을 원하는지 솔직하고 명확하게 표현할 수 있게 된다고 보
았다. 더불어 상대의 말을 존중과 공감으로 귀 기울여 듣게 된
다면 폭력적인 대화는 처음부터 이뤄지지 않는다는 것이다. 따
라서 분석, 비판, 자책 등이 아닌 욕구에 집중해야 함을 점점 더
확실하게 깨달을 수 있다. 거의 모든 다툼은 상대를 배려하지
못하고 이해하지 못하고 공감하지 못하기 때문에 발생한다. 원
활한 대화가 이뤄지지 않는다면, 불통의 대화는 쉽게 야만적이
고 폭력적인 다툼으로 이어져, 서로에게 큰 상처와 트라우마
(Trauma)를 남긴다. 그런데 공감, 배려, 이해가 바탕이 된 대화
가 쉽지만은 않다. 내가 상대방이 되어야 말하지 않아도 이해하
고 공감할 수 있는 것인데, 상대방이 되어 보지 않는 이상 진정
한 이해는 불가능하다. '대답하지 않는 것들과 대화'하려는 작가
의 시도는 '조건 없이 사랑하라'라는 의미로부터 시작된다. 내가
만약 조류 박사라면 인간인 자신이 직접 새가 되어 보는 꿈 체

험을 통해, 새가 알을 품고, 먹이를 사냥하고, 하늘을 날며, 짝을 짓는 새의 모든 행위를 아무런 논리적 설명이 없이도 알게 된다. 인간의 입장에서 새를 바라본다면 대화가 어렵지만 내가 새가 되어 보면 의문 따위는 처음부터 생기지 않는다.

이렇게 그 대상이 되려면 역지사지가 이뤄져야 하고, 역지사지가 이뤄지려면 대상에 대한 조건 없는 사랑이 가능해야 한다. 내가 자연의 일부라는 물아일체(物我一體)의 경지에 다다르면 그냥 알게 되는 것이다. 조선시대 문인 유한준은 "사랑하면 알게 되고 알게 되면 보이나니, 그때 보는 것은 전과 같지 않으리라"는 말을 남겼다. 물아일체가 되면 굳이 말하지 않아도 안다. 작가는 "초경 같은 봄의 아름다움이 다하기 전까지" "대답하지 않는 것들과의 대화는 계속될 것"임을 다짐한다. 「눈빛의 은유」처럼, 우리는 눈빛으로 감춰져 있는 것을 내다볼 수도 있다. 눈빛을 외면하면 마음의 거리도 점점 멀어지고 공감과 소통도 어려워진다. 작가는 상대방의 눈빛을 통해 상대의 아름다운 내면도 들여다볼 수 있다고 생각하는 듯하다.

II.

작가의 말처럼, "계절의 속도감은 애착의 깊이에 비례하는 것이어서 아쉬운 것들은 늘 눈인사처럼 빠르게 지나가 버리는 법"인데, 특히 봄이 그렇다. 작가는 봄을 좋아하는 이유를 "성숙하게 익어가는 것보다 환하게 피어오르는 것이 좋"기 때문이라고 말한다. "일련의 성향들은 모두 나이를 먹어가며 체득된 회생과 새로움에 대한 동경이었던 것" 아닐까? 작가에겐 봄날이 지날 즈음 가끔 찾아오는 기억이 있다.

　　지금 사는 곳에서는 봄 아지랑이를 볼 수 없지만 어릴 적 살던 집에서는 북동쪽 산속으로 올라가는 먼 길에 따뜻한 봄볕에 달구어진 땅에서 아지랑이가 아롱아롱 피어오르곤 했다. 그 길을 따라 깊어지는 골짜기를 만주골이라 불렀는데, 후일에 어머니께 여쭈어보았더니 입구는 좁아도 그 골짜기가 길고 넓은 것이 만주벌판과 같다 하여 붙여진 이름이라고 했다. 그러나 내가 제법 자라 동네 개구쟁이들과 가 본 그곳은 생각만큼 광활하지는 않았다. 집 툇마루에서 멀리 보이는 그 길은 마치 다른 세상으로 이어지는 길처럼 아득했다. '성골네'라 부르던 외딴집을 지나면 좌우에 높이 솟은 산들이 만든 협곡은 음울해 보였고 계곡의 입구에 상엿집이 있어 초등학교 꼬맹이들이 그 길을 지나다닌 경험은 무용담이 되기에 충분했다.
　　　　　　　　　　　　　　　　　　　—「봄날은 간다」 중에서

　볕 좋은 봄날 피어오르는 아지랑이는 생동하는 기운의 상징이다. 점점 더 빛과 열이 많아지면서 차갑고 그늘진 기운을 밀어내는 시기가 봄이다. 겨울내내 한냉(寒冷)한 음압(陰壓)으로 생명은 작은 씨앗의 모습으로 가둬져 저장된다. 그러다 봄이 오면, 씨앗을 감싸고 있던 강력한 음압이 느슨하게 허물어지면서 생명이 움터 싹이 나오는 것이다. 그래서 봄은 기존의 형태나 모습을 허물어 새로운 생명을 드러내는 신출(新出), 창신(創新)의 계절이다. 그래서 기존의 틀을 깨고, 강인하게 솟구쳐 자라나는 자연의 힘을 보여주는 계절이 봄이다. 즉, 누군가가 무너지거나 허물어지거나 깨짐으로써 감춰져 있던 생명이 드러나는 것이다. '나'를 감싸고 있던 껍데기가 벗겨지면서 새로운 생명체가 드러나므로 기존의 틀은 무너진다. "따뜻한 봄볕에 달구어진 땅에서 아지랑이가 아롱아롱 피어"오르는 그 길이 마치 "다른 세상으로 이어지는 길처럼 아득"하다는 기억은 봄의 재생과 부활의 의미를 드러내기 위한 기재로서 기능한다. 골짜기가 깊고 좁을수록 산마루는 더 높고 가파를 수밖에 없다. 상대적으로 봄의 부활과 재생을 드러내기 위한 장치일 수 있다.

> 나는 때때로 식물들의 생명 활동에도 분명 고유한 소리가 있을 것이라고 혼자 확신한다. 꽃눈이 껍데기를 깨고 꽃을 탁 틔우는 순간에, 혹은 절절히 붉었던 동백이 아무 미련 없이 나무로부터 뚝 떨어지는 그 순간에 분명 살아있는 것으로서의 첫소리와 마지막 소리를 내고 있을 것이라고 ……… 인간이 들을 수 있는 가청주파수보다 더 낮은 초저주파와 초음파를 들을 수 있는 동물과 곤충들은 어쩌면 그 미세한 생명의 소리를 공유하고 있을지도 모르고, 사방에서 봄눈을 틔우는 소리와 꽃망울이 터지는 소리에 요란하여 밤잠을 설칠지도 모를 일이며, 혹은 생명의 축제와도 같은 회생의 시간을 함께 즐기고 있을지도 모른다.
>
> ─「봄은 소리로부터 먼저 온다」 중에서

작가는 봄은 소리로부터 온다고 확신한다. 꽃 몽우리가 열리면서 꽃이 피는 소리, 얼음이 녹으며 얼음장이 깨지는 소리, 새소리, 봄바람에 싹이 돋고 벌레들이 어지럽게 꿈틀거리는 준동蠢動의 소리도 있다. 봄을 영어로는 'spring'이라고 하는데, 마치 용수철처럼 튀어 오르는(솟구쳐 오르는) 속성과 생동하는 기운이 있는 반면에 가을은 하강하는 계절이다. 그 봄의 소리가 바로 생명이 부활한다는 의미다. 사람이 죽기 전 가장 늦게까지 살아있는 감각이 청각이라고 한다. 그만큼 소리가 있다는 것 자체가 살아 꿈틀거리고 있다는 증거가 된다. 세상에 움직이지 않는 존재는 없다. 돌멩이를 구성하는 하나의 작은 원자 단위까지 모든 물질은 살아 움직인다. 움직임이 사라졌다면 그건 더 이상 생명력이 없음을 뜻한다. 겨울은 모든 것이 꽁꽁 얼어 매우 정적靜的인 상태가 되며, 봄여름에는 모든 것이 태어나 성장하고, 가을에는 떨어지며, 겨울에는 모든 것을 응축시켜 아주 작은 곳에 저장한다. 봄은 정적인 상태에서 동적으로 바뀌는 계절이라 움직임에 소리가 있을 수밖에 없다. 작가는 봄의 대지가 "내리는 비를 반갑게 수용하고 빗줄기는 부드러운 대지의 가슴 위로 가볍게 안착"하는 것을 보며 "내가 쏟아 낸 말을 누군가가 기꺼이 귀 기울여 수용하는 것과도 같은 느낌"(「봄은 소리로부터 먼저 온다」)을 받는다. 그러면서 "그런 일체감이 느껴지는 빗소리"가 스스로를 안도하게 함을 고백한다.

이곳 충청도 농부들은 밭갈이할 때 '밭을 투드린다'고 한다. '밭을 두드린다'라는 말의 사투리인데 '밭을 갈아엎는다'라는 직접적 표현보다 상당히 은유적이고 시적인 표현이다.

이 표현 속에는 겨우내 잠들어 있던 대지를 깨운다는 뜻이 내포된 것으로, 땅을 무기질 덩어리로만 인식하는 것이 아니라, 삶의 영역 안에 있는 하나의 생명으로 보는 이는 이곳 농부들의 사고방식이 고스란히 반영된 것이어서, 이들의 삶의 영역에서 땅이 가지는 존재의 가치를 가늠할 수 있다.

—「대지, 그 생명의 시간에」 중에서

우리의 지구 자체를 살아있는 생명 그 자체로 보는 가이아 Gaia 이론의 관점으로 접근하면 될 듯하다. 봄이 되면 대지가 가장 허부(虛浮)한 존재가 된다. 섣달의 땅은 땅속의 물이 얼면서 부피가 커져 살짝 부풀어 오른 것을 볼 수 있다. 그러다 정월이 되어 날이 풀리면 얼었던 물이 녹으면서 흙이 단단하게 뭉쳐 있지 않고, 들 떠 있음을 알 수 있다. 땅이 단단하지 않아서 나무가 싹을 틔울 수 있는 것이다. 흙의 입장에서 보면 새로운 생명이 움틀 수 있도록 생태환경을 조성해 준다. 봄의 흙이 그렇다.

수렵과 채취로 연명하던 아득한 원시시대나 인공지능이 소리 없이 세상을 움직이는 첨단 과학 문명의 시대를 막론하고 인간은 생명의 근본이 되는 땅으로부터 변함없이 먹거리를 공급받아 왔다. 땅에서 직접 농사를 하는 농사꾼뿐만이 아니라 첨단의 IT산업에 종사하는 사람도 예외 없이 생명 유지 활동에 필요한 에너지를 모두 땅에서 얻어오고 있다는 것이다. 필연, 땅 위에 살아있는 것들은 땅 이상의 외연(外延)을 가질 수 없는 생태적 한계성을 가진다. 흙냄새에서 풍겨 오는 이 비릿함은 생명의 냄새이며 살아있는 것들의

세포 속을 관통하는 원류의 냄새이다. 흙을 통해 생명의 본
질을 공유한다는 것은 흙으로 사람을 빚으셨다는 말씀의 확
실성을 절감하게 한다.

— 「대지, 그 생명의 시간에」 중에서

음양오행 이론에 따르면 오행(五行)을 사계절에 배속할 수 있
다. 봄은 목행(木行), 여름은 화행(火行), 가을은 금행(金行), 겨울
은 수행(水行)이다. 그러나 흙, 즉 토행(土行)은 절기상으로는 늦
여름에 배속할 수 있지만, 기능적으로는 사계절 모두에 위치하
고 있다. 흙이 있으므로 자연의 생장염장(生長斂藏) 기능이 작동
하기 때문이다. 봄에 태어나고 여름에 자라며, 가을에 거둬들이
고 겨울에 응축하여 저장한다. 그리고 겨울은 또 새로운 봄을
맞을 준비를 한다. 이 모든 것을 가능하게 하는 기본 토대를 언
제나 흙이 제공하고 있는 것이다. 그런 의미에서 흙은 어머니와
같은 존재다. 사람도 자연의 일부여서 자연을 해하면 인간도 함
께 피해를 입는다. "흙을 통해 생명의 본질을 공유한다는 것은 흙
으로 사람을 빚으셨다는 말씀의 확실성을 절감"한다는 마지막 문
장은 작가가 흙의 중요성을 환기하는 중요한 전언이라 할 수 있다.

Ⅲ.

꽃과 나무를 어루만지며 자연과 더불어 살아가는 작가의 삶
은 자신을 포함한 소중한 가족을 지켜내는 일이다. 그는 전지
작업을 통해 "한 해의 결실을 모두 거둔 후에 다음 해의 결실을

기대하며 나무 일부를 기꺼이 버리는" 일을 한다. "이것도 다 때가 있어 가을 잎이 진 후부터 이듬해 잎이 돋아나기 전까지 해야" 하는데, 그 이유는 "더 늦어져 잎이 돋기 시작하면 잘려 나간 마디는 생채기가 되어 수액이 흐르기 때문이다", 아래로 늘어지거나 불필요한 가지를 솎아내야 더욱 풍성한 열매가 맺고 건강하게 자랄 수 있는 것이다.

> 때로 우리는 꽃핀 가지에 달라붙은 삭정이를 대하듯 나를 있게 한 이들의 희생을 간과하지는 않았는지를 돌아볼 일이다. 더 열매를 맺지 못하는 뭉툭한 가지의 완강한 팔이 있었기에 여린 가지는 무수한 흔들림 속에서도 스러지지 않고 기어이 꽃 피우고 열매를 맺을 수 있었던 것이고, 컴컴한 땅속에서 끊임없이 물을 끌어 올리는 뿌리의 수고로움으로 시듦을 면할 수 있었기 때문이다. 전지를 하며, 내 생애의 거름이 되었던 분들에 대한 경애로 마음이 벌써 푸릇푸릇해 진다.
>
> —「전지를 하면서」 전문

천적天敵이 있어야 오래 강건하게 살 수 있고 자신의 정체성도, 색깔도 분명하게 드러난다. 나무의 입장에서 전지는 칼로 나무의 일부를 도려내는 행위인데, 이는 마치 적을 만난 것과 같은 상황과 유사하다. 그럼으로써 더 강인해지고 분명한 목적의식을 갖게 되는 것이다. 나무는 위로 솟구쳐 오르는 특성이 있는데, 전지를 하면 나무가 순간적으로 움츠렸다가 오히려 더잘 자란다. 반대급부 요소를 넣어주면 더 잘 자란다는 것인데

이러한 역경과 시련이 아예 없으면 영혼의 성숙을 얻기가 어려울 수 있다. 고통의 순간을 이겨내면 위대한 인물이 된다. 나무 또한 이러한 전지와 세찬 비바람을 이겨내면서 가을에 풍성한 과실을 만들어낼 수 있다.

작가는 주말이나 퇴근 후 혹은 아침 일찍 일어나 틈틈이 자연을 돌본다. "어쩌면 잔디와 나무들에는 곡진하다 싶을 만큼 정성을 쏟았을 터인데도 며칠이 지나자 사과나무와 라일락, 갓난아기의 손톱만 한 열매를 달고 있는 매실나무 잎들이 시들시들 앓기 (「내려놓지 못하는 것」)시작"하면 마음이 아프고 미안해진다. 자연을 돌봐야 우리도 살 수 있다. 그는 여전히 자연을 자기 몸의 일부처럼 여기며 "이웃을 내 몸과 같이 사랑하라"고 한 예수의 말씀을 실천하는 중이다. 그는 「나무」에서 "나무는 죽어서야 비로소 사람의 삶 가까이 다가 온다"고 말한다. "그러므로 나무들의 생물학적 죽음은 존재의 결말이 아니라 다양하고 새로운 형태로 거듭나는 전환의 출발점이 된다는 면에서 소멸이 아닌 엄연한 재탄생이라고 보아야 옳"다는 것을 이야기한다. 재탄생인데 다시 태어나는 것은 '내'가 아니라고 생각하니 우리는 미련이 남는 것이고, 현재를 더 절실하게 품고 살아가는 것인지 모른다. 그는 "나무의 삶은 고단한 삶의 무게를 지고 묵묵히 살아가는 사람의 인생과 닮아있기에, 녹록지 않다는 동질감만으로도 무언의 위로를 쏟아내는 친구가 되고 때로는 인내의 교훈이" 된다고 말한다. 우리는 더불어 살아가는 존재이기 때문이다.

세상이 잠에 든 듯 조용한 산속에 있을 때, 나는 가끔 한하운 선생의 '보리피리'라는 시를 떠올린다. 나병이 치유된 후에도 세상의 편견과 사람들의 회피로 인해 그들의 삶에 동류되지 못한 채 밤마다 종로 거리로 육필 시를 팔러 다니던 그가 그토록 그리워하던 '인환의 거리'를 지금의 사람들은 왜 홀연히 떠나고 싶어 할까? 한하운 선생처럼 와자지껄한 세간에 동류되어 어울렁 더울렁 살아가는 것이 간절한 바람이 된 사람이 있는가 하면 세간에 지쳐 인공의 소리로부터 멀어진 자연으로 도피하려는 사람도 있다. 그토록 그리워하는 사람과 지친 사람이 공존하는 그곳이 바로 "인환의 거리"이다.

— 「나는 자연인이다」 중에서

'인환의 거리'는 사람이 살아가는 속세의 거리로, 도시(인환의 거리)에서의 삶 자체가 인간들이 살아가기에 몹시 고통스럽고 질병을 유발하는 환경이다. 스트레스를 많이 받는 환경인데 이것을 치유하고 회복할 수 있는 길은 자연에 있다. 인간의 삶이 크게 다를 게 없는 '도토리 키재기'인데, 현대인들은 대체로 자연의 상극相剋의 원리만을 쫓아 살아가는 듯싶다. 우리는 우리가 사는 세상을 스스로 약육강식, 적자생존, 승자독식, 무한 경쟁의 지옥으로 만들었다. 분명 자연은 누군가를 망쳐놓고 누군가가 죽어 나가게 해서 그것을 거름 삼아 살아가는 사람들을 돌본다. 아무도 죽지 않으면, 아무도 새롭게 태어날 수 없다. 이 또한 자연의 모습이지만, 자연에는 상생과 공생의 모습도 있다. 자연의 미덕 중 하나가 가만히 내버려 두면 저절로 치유와 회복의 길을 연다는 것이다. 노자의 『도덕경』에 보면, 사물은 극에 달하면 그로부터 반전(反轉)하는데, 그것이 곧 도(道)의 움직임이라는 '반자도지동(反者道之動)'을 말한다. 또한 『주역』에서는 사물이 정점에 이르면 반드시 반대 상태로 나아간다는 '물극필반(物極必反)'을 말한다. 그래서 자연 만물이 극단적으로 한쪽으로 치우치지 않고, 조화와 균형을 갖출 수 있도록 대자연의 섭리가 기능하다. 이러한 이치로 자연의 생장염장을 치우침 없이 반복할 수 있게 되는 것이다. 나무가 언 땅을 뚫고 나오는데 계속 솟아오르기만 하면 그것은 결국 사라지고 만다. 겨울철에 음압이 지속된다면 씨앗 속 생명은 죽은 것과 같다. 모든 것이 반대급부를 만나 조화와 안정을 부여하는 것이 자연의 이치다. 저자는 자연에 상극만을 쫓고, 자연에 상생의 이치를 놓치고 있는 우리에게 자연의 치유와 회복의 능력을 믿고 자연적인 삶을 살아갈 필요가 있음을 환기한다.

IV.

작가는 정치와 사회문제에도 적잖은 우려와 염려를 드러낸다. 우선 그는 "역대 통치권자가 한꺼번에 둘씩이나 전직 비리와 관련하여 구속되는 일"(「안개주의보」)을 보며 이상국가와 올바른 정치인에 대해 생각한다. 진정으로 나라와 민족을 사랑하고 걱정하는 사회 지도계층이 많아졌으면 좋겠다는 염원과 현 세태의 걱정과 우려를 담은 「안개주의보」의 일부를 인용해 본다.

　　그러다가 모든 것이 어렴풋한, 안개 낀 새벽 아침에 디오
게네스의 등불을 생각한다. 이상 국가를 꿈꾸던 폴리스 국
가에서도 참된 사람을 찾을 수 없어 철학자 디오게네스는
대낮에도 등불을 들고 거리를 다니며 '사람을 찾습니다'라
고 외쳤다고 한다. 세계 최고의 수준의 학구열을 가진 우리
나라에서 똑똑해서 잘 난 사람이 아니라, 진정으로 정직한
사람을 찾기 위해서 디오게네스의 등불이라도 들고 백주의
거리를 헤매고 다녀야 하는 것일까? 부디, 이 나라가 나 같
은 촌뜨기까지 나라 걱정을 하지 않아도 될 기본이 견고한
나라가 속히 되기를 소망한다.
　　　　　　　　　　　　　　　　　—「안개주의보」 중에서

　지도자로서 지혜와 자질도 모자라고, 애국심과 민족애도 부
족한 이가 지도자가 된다면 국가와 민족의 미래는 암울해진다.
거기에 독선과 오만으로 가득하여 국민의 목소리를 귀 기울여
듣지 않고, 무지하고 무능하고 무책임으로 일관하여 국민들의
신임을 잃은 지도자라면 나라와 민족은 결국 망할 수밖에 없다.
먼저 지도자는 '신언서판(身言書判)'을 갖춰야 한다. 신(身)은 그
저 풍채가 좋아야 한다는 뜻이 아니라, 심신(心身)이 강건해야
함을 의미한다. 그다음으로 국민들을 잘 이끌어 나갈 수 있을
만큼 언행(言行)을 신중히 해야 하며, 시대정신에 맞는 올바른
신념과 의지를 갖춰야 한다는 것이다. '서(書)'는 풍부한 학식과
지혜로 미래지향적인 비전과 목적을 제시할 수 있는 역량을 갖

춰야 한다는 것이다. 마지막으로 국민들의 요구를 잘 파악하고, 정세를 올바르게 읽고 판단하여, 우리가 앞으로 나아가야 할 길을 제시하고 도모하는 역량을 갖춰야 한다는 것이다.

　여기까지는 전통적 지도자의 자질이다. 그러나 현대의 지도자에게는 여기에 더해 민주사회 덕목이 더 필요하다. 그것이 바로 청렴함이며, 솔선수범하는 자세이기도 하다. 재임 시 부정부패를 저지르는 모습을 보여주면 안 되고, 조직을 깨끗하게 이끌수 있는 조직정화 능력도 갖춰야 한다. 또한 지도자는 포용력이 있어야 한다. 민주사회에서는 늘 다양한 이념과 가치관이 대립하고 갈등하고 있으므로, 편향된 이념과 가치관에 매몰되어 있으면, 다양한 목소리를 내는 여러 정당들 그리고 국민들을 온전하게 끌어안고 갈 수 없다. 자신의 신념과 의지를 거스르거나 비판하는 세력을 용납하지 못하는 것은 지도자로서 자질이 없는 것이다. 무엇보다도 자신과 다른 길을 걷는 세력을 잘 끌어안아야 하는데 그렇지 못하면 국가 체제는 금방 무너진다. 지도자 옆에 충신이 아니라 간신만 있다면 길을 잃어버리고 만다. 언행도 품위가 없고 천박한 역사의식을 갖고 있을 뿐만 아니라 자기 신념과 반대되는 이들은 쳐내고 물리치고 국민들의 말은 듣지 않는다면, 또한 말을 안 듣거나 반대하면 기소하거나 구속부터 하고 보는 폭압적이고 일방적인 지도자의 자세는 시대를 역행하는 반민주적인 지도자일 따름이다. 반드시 국민들의 심판을 받게 될 것이다.

마침내, 유엔은 지구 온난화 시대는 끝이 났고 이젠 지구 열대화 시대가 도래했다는 깊은 우려의 선언을 했다. 평소에는 한낮에나 골짜기를 온통 삶아내듯 지독하게 들끓던 열기가 지난밤에는 밤잠마저도 탈취할 기세로 늦은 밤까지 열어 놓은 창문을 슬금슬금 넘어왔다. 근 백여 년 만에 닥친 모진 열대야라고 부산을 떠는 언론이 아니어도 산골의 밤까지 찾아와 날치는 것만으로도 열대야의 위력을 짐작할 만하다.

—「대서를 지나며」 전문

절기상 가장 무더운 시기가 대서(大暑)다. 그래서 가장 강렬한 인상이나 추억을 남기는 절기도 한여름 대서인 경우가 많다. 무더운 계절 자체가 사람의 의식이나 정신을 깨어 있게 한다. 여름철 경험이 더 오래 남는 이유다. 여름은 빛과 열, 습기가 많아서 감각이 최정점으로 깨어 있는 계절이다. 보는 것도, 듣는 것도, 냄새 맡고, 맛보고, 만져지는 모든 이미지가 그렇다. 사물도 자신의 모습을 가장 극명하게 드러내는 계절이다. 인간의 정신과 경험도 모두 그렇다. 어머니의 모시옷에 기억을 떠올렸지만 작가는 이 글에서 지구 온난화의 심각성을 담아내기도 한다. 지구 온난화로 인한 기후 위기와 강력한 태풍, 가뭄과 홍수, 폭염, 산불, 사막화, 해수면 수위 상승, 해수 온도의 상승이 심각한 문제임에도 우리는 이 문제의 심각성을 크게 염려하고 있지 않다. 가장 더운 7월의 대서, 더위를 체감하면서 지구 온난화를 염려한다. 지난 100년간 지구의 평균 기온은 0.6도가 올랐다. 지난 10,000년간 지구의 평균 기온은 항상 일정하게 14도를 유지했는데, 지난 100 동안 기온이 0.6도가 오르면서 2023년 현재 지구의 평균 기온은 14.6도가 된 것이다. 2050년까지 지구 온난화를 막지 못하면 지구별은 더 이상 사람이 살 수 없는 행성이 될 것이란 예측이 있다. 친환경재생에너지 개발을 통한 화석연료 대체, 나무 심기, 전기 절약, 자원 절약 등의 실천이 무엇보다 시급할 때다.

나는 내 아버지의 지난 시간이 존중받지 못한다고 느낄 때, 스스로에 대한 경책과 충분히 배려하지 못하는 가족에 대한 실망, 사회적 인식의 부당함에 깊이 상심한다. 그것은 오롯이 내 아버지의 늙음과 연륜에 대한 나의 의견이기는 하지만, 어디 내 아버지뿐이랴! 아버지의 시대를 살아온 모든 부모님의 수고와 희생이 늙고 쇠락함에 희석되어 그저 '불편함'이나 경제적으로 생산성 없는 '잉여집단' 쯤으로 인식되는 것에 대한 마음의 불편이 응어리져 좀처럼 용해되지 않는다.

— 「아버지의 시간」 중에서

작가는 세월이 가면서 작아지는 아버지의 모습에 안타까워하며, 이분들의 시간이 존중받지 못한다고 느끼는 부분에 안타까움을 토로한다. 이분들에 의해 나라가 이만큼이나 발전하고 성장한 것인데, 여러 가지 사회적 편견과 선입견으로 노인들이 역차별을 당하고 있다고 느끼는 것이다. 나이 먹고 아무 일도 하지 않으면 오히려 더 아프고 쉽게 병이 든다. 원하시면 계속 일할 수 있도록 일자리를 제공하고, 자신이 젊었을 때 제대로 즐기지 못했던 문화생활과 여가 활동도 할 수 있도록 배려해 주고, 다양한 복지혜택을 통해 이분들이 풍요로운 노년을 보낼 수 있도록 하는 것이 사회의 역할이다. 노인이야말로 진정한 프로다. 단 체력과 역량이 떨어질 수는 있지만, 그들에게 전혀 생산력이 없는 것은 아니다. 이분들의 삶의 연륜을 존중해 주자는 의미다.

V.

작가는 자연과 더불어 빨간 우체통의 "그리움"이나 "기다림" 같은 아날로그 감성도 품으면서 유년을 회상한다. 문명의 이기와 교통 통신의 발달로 의사소통 방식은 빠르고 편리해졌지만 소통은 좀 더 가벼워진 느낌이다. 깊이가 떨어진 아쉬움을 표현하며 더욱더 아날로그 감성에 젖어보기도 한다. 자신을 만나는 마음의 휴가를 즐기면서 존재를 증명하고자 하는 그의 다정한 소통은 더 큰 자연을 품게 될 것이다. 사람도 잠을 안 자면 일상이 다 무너진다. 잠을 일종의 작은 죽음이라 한다. 이것을 받아들이지 않으면 삶도 건강하게 유지될 수가 없다. 그래서 휴식의 계절인 겨울은 반드시 필요하다. 동면에 드는 파충류처럼 멀리 뛰려면 잔뜩 웅크려야 한다. '어쩌다 휴식'은 우리 삶을 움직이게 하는 힘이다.

우리가 성급함을 쫓는 이유는 '지금 여기'에서의 삶을 견뎌내지 못한 데서 비롯된다. '지금 이순간'에 만족할 수 없거나 고통스러워 견딜 수가 없으니, 그다음에 놓인 '앞으로의 삶'을 서둘러 쫓아가는 것이다. '지금 여기'에 만족하고 즐길 수 있다면 서두를 필요가 없다. 급하게 도망치듯이 서둘러 사는 이들이 많다. 느리게 걷는 것은 지금 여기의 삶에 충실한 것이고 즐길 수 있는 마음의 여유가 있는 사람들이다. 그렇게 여유 있게 걸어가야 세상을 아름답고 따뜻하게 볼 수 있으며, 주변인의 상황에 공감하고, 충분한 배려를 보여줄 수 있는 것이다. 성급함은 악마가 준 선물이라고 했다. "아내와 나는 멀리 보이는 시골 풍경뿐 아니라 길가에 핀 작은 야생화에도 눈길을 많이 주는 편인데 때때로 낯선 꽃들이 보이면 한참 머물러 서서 들여다보고 이름을 유추해 보기도"(「느린 걸음으로 걷기」) 하는 그런 삶이 필요하다고 말한다.

아내가 입원하면서 아내의 잔소리도 사라졌다. "이번 주말이면 퇴원한 아내의 잔소리가 라디오처럼 일상에 흘러들 것이고 집안 풍경은 이내 익숙함으로 자리를 잡을 것"(「익숙한 것에 대한 소중함」)을 그는 안다. "문득 그 불편한 익숙함이 그리워"지는 때가 있다. 그 대상이 기능하지 않거나 용도를 잃었을 때, 그 소중함을 깨달을 수 있다. 물속에 오랫동안 잠수를 해보면 숨 쉬고 살아가는 삶이 얼마나 소중한 가치가 있는지 알게 된다. 단수로 인해 물이 공급되지 않으면, 그제서야 물의 소중함을 깨닫듯 사람도 곁에 있는 사람이 사라져 봐야, 그 사람의 소중함을 깨닫는다. 인간으로 태어났다는 것이 부재나 결핍으로 살아간다는 것인데, 그 부재나 결핍을 통해 우리는 우리가 잊지 말아야 할 것과 소중한 것을 깨닫는다. 유감스럽게도 소중한 대상을 잃으면 그 소중한 대상은 평생의 트라우마처럼 뇌리에 박혀 결코 잊혀지지 않는다. 다시 돌아온다면 다행스러운 일이지만, 다시 돌아온다는 것을 어찌 장담할 수 있을까.

나 또한 때로 긴장과 스트레스로 인해 완벽히 조율되지 못하고 줄이 팽팽하게 긴장되어 예민한 반응을 보일 때가 있었다. 그때의 마찰음이 주변에 얼마나 소음으로 들렸을지에 대하여는 정작 자신은 인식하지 못한다. 그 이후로 가끔 내 감정의 조율 상태를 들여다보는 습관이 생겼다.
　　　　　　　　　　　　　　　　　　　—「조율 한 번 해주세요」 중에서

무엇이든 조화와 균형이 중요하다. 자연은 결코 극단의 추구를 용납하지 않는다는 것이다. 조화와 균형을 갖추려면 항상 어떤 입장이나 위치에 매몰되거나 몰입하면 안 된다. 모든 진리는 부분적이고 모든 가치는 불완전하다. 너무 맹신하지 말고 자기 욕심이나 목적도 마찬가지다. 모든 정신병은 조율이 되지 않는 데서 비롯된다.

사람들은 누구나 자신만의 길에 서 있다. 미지를 여행하는 비행기가 뜨고 내리듯 꿈같은 일들이 시작되고 갈무리되는 일들로 빛나는 활주로 같은 길이 있을 것이며, 또 어떤 이의 길은 짙은 안개가 드리워져 무작정 막막함을 인내해야 하는 길도 있을 것이며, 또 누군가는 정복되지 않는 설산에 루트를 만드는 것처럼 까마득한 빙벽에 매달려 위태롭게 만들어가야 하는 길도 있을 것이다. 이 지구 위에는 반짝이는 활주로와 안개 자욱한 길과 죽음 같은 빙벽이 항상 공존하듯 우리는 모두 그 어느 곳인 가의 길에 서 있다.

—「길에게 길을 묻다」 중에서

사람들에게 길은 다양한 의미가 있다. 내가 살고 싶은 삶의 모습이기도 하고 가치이기도 하다. '길'이라는 자체는 머물 수 없는 곳이다. 결국 '나'만의 순례길이 된다는 것인데, 그 누구도 자신의 십자가를 대신 짊어질 수 없다. 내가 감당해야 하는, 고단한 인생길. 그 인생길을 걸어서 큰 깨달음을 갖고 저 너머의 세상으로 건너가는 것이다. 이 길을 걸어야 소중한 가치를 얻어간다는 것을 정수만 작가는 알고 있다.

대답하지 않는 것들과의 대화

초판 1쇄 인쇄일	ǀ 2023년 10월 20일
초판 1쇄 발행일	ǀ 2023년 10월 31일

지은이	ǀ 정수만
발행처	ǀ (재)당신문화재단
	충청남도 당진시 무수동 2길 25-2
	Tel 041-350-2911 Fax 041.352.6896
	https://www.dangjinart.kr/

펴낸이	ǀ 한선희
편집/디자인	ǀ 정구형 이보은
마케팅	ǀ 정찬용 정진이
영업관리	ǀ 한선희 김형철
책임편집	ǀ 이보은
인쇄처	ǀ 으뜸사
펴낸곳	ǀ 국학자료원 새미 (주)
	등록일 2005 03 15 제25100 · 2005 · 000008호
	경기도 고양시 덕양구 권율대로 656 원흥동 클래시아 더 퍼스트 1519,1520호
	Tel 442 · 4623 Fax 6499 · 3082
	www.kookhak.co.kr
	kookhak2010@hanmail.net
ISBN	ǀ 979-11-6797-136-4 *03810
가격	ǀ 15,000원